Fakturan　　JONAS KARLSSON

幸福账单

〔瑞典〕约纳斯·卡尔松 著　　谢孟蓉 译

著作权合同登记号　图字 01-2021-1855

Jonas Karlsson
Fakturan

Copyright ©2014 by Jonas Karlsson
Published by arrangement with Salomonsson Agency AB,
through The Grayhawk Agency Ltd.
All rights reserved.

图书在版编目(CIP)数据

幸福账单/(瑞典)约纳斯·卡尔松著;谢孟蓉译.
—北京:人民文学出版社,2023(2024.6 重印)
(中经典精选)
ISBN 978-7-02-017596-3

Ⅰ.①幸… Ⅱ.①约… ②谢… Ⅲ.①中篇小说-瑞典-现代　Ⅳ.①I532.45

中国版本图书馆 CIP 数据核字(2022)第 220271 号

总 策 划	黄育海
责任编辑	朱卫净　欧雪勤
封面设计	汪佳诗

出版发行	人民文学出版社
社　　址	北京市朝内大街 166 号
邮政编码	100705

| 印　　制 | 凸版艺彩(东莞)印刷有限公司 |
| 经　　销 | 全国新华书店等 |

开　本	889 毫米×1194 毫米　1/32
印　张	5.375
字　数	93 千字
版　次	2023 年 1 月北京第 1 版
印　次	2024 年 6 月第 2 次印刷

| 书　号 | 978-7-02-017596-3 |
| 定　价 | 59.00 元 |

如有印装质量问题,请与本社图书销售中心调换。电话:010 - 65233595

中经典
精选

Novella

1

金额实在太令人难以置信了,五百七十万克朗,怎么可能当真。我看一定是那种假的缴款单,你在电视和报纸上常常会看到,无良公司搞诈骗,通常找老年人下手,骗人家掏钱。

做得很精致,这个无可否认。公司标志看起来像真的,至少我看起来像。其实我不是很懂,我没什么信件,除了平常那些账单之外。这张看起来很类似;当然,金额除外。W. R. D.,大大的字母印在上面,"付款条件"那一小段看起来也很像那么回事。这东西从头到尾散发着一种枯燥古板的味道,就像真的机关组织会发的东西。

不过如果是真的,一定是哪里出了什么大差错,哪台电脑把我跟某家大公司,或是某个外国财团之类的,搞混了。五百七十万克朗。谁会收到这种金额的账单啊?想到说不定有人真的会不小心支付了这么大一笔钱,还一点都不起疑,我偷偷笑了出来。

我喝了一杯果汁，把几张广告传单扔进了回收箱。那些特价广告、传单什么的，就是有办法闪过写着"请勿放入广告纸"的告示。我穿上外套，出门上班。

我在一家专门为发烧友服务的音像出租店打工。我们有两个人轮流站柜台，每周各值两三天班，下订单、整理到店的影片、编目录、上架。偶尔我可以帮客人找到正确的影片，或是解释为什么有额外材料的特别版还没有到货，或是为什么里面没有网络上看到的那段访问，明明访问内容让人对导演有了新的认识；而且如果我想听的话，他或她（通常是他）可以几乎一字不漏地说一遍给我听。不过，通常我就是站在那里想别的事。

路上风有点大，不过最近开始转成穿薄外套的天气了，而且大部分树木的枝条上已经长出了很多叶子。我边走边想着那张缴款单，奇怪他们是怎么弄到我的姓名和地址的。难道他们只是选择了他们遇到的第一个？或者可能有别人的数据跟我的非常接近？

店的窗户蒙着一层青绿色的花粉，而且门很难打开。我们怎么调整门弓器似乎都没有用，门要么一动也不动，要么轻轻一碰就弹开；今天则是卡在一半。

我走到柜台把外套挂在底下的钩子上，地板踩起来黏糊糊的。桌子后面有个小小的厨房，我放了一壶咖啡上去煮。壶的底部有焦垢，托马斯（就是值另几个班的员工）说他从来不喝壶里的东西，我倒不觉得有多大的问题。事实上，恰恰相反，我觉得多了那个味道特别带劲，不然喝起来很无聊。

我推了几下水槽底下的橱柜门，因为它总是关不好（少了一块小磁铁），一推进去，它就弹出来几厘米。最后我弄了一段胶带，卷起来贴到柜门的内侧，总算把它关好了。

柜台底下有一个篮子，装着上星期归还的影片。托马斯就是懒得放回架上。我坐在那里，一边等咖啡一边看，里面有一部库布里克、一部戈达尔，还有大卫·马特梅的《西班牙囚犯》。我把盒子翻过来，看背面的字。上次看这部电影已经是好久以前了，那时候我和我的一生挚爱苏妮塔还在一起，我们会轮流为对方介绍自己最喜欢的电影。时隔已久，我甚至不确定最后我们有没有看完这部电影，她觉得它没那么厉害。

咖啡煮好后，我在冰箱里发现了过期没几天的牛奶，倒了一些进去，边喝边收拾剩下的影片。

走回柜台的路上，我感觉我的鞋底又粘在了地上。我想一定是有人洒了可乐或类似的东西，因为不管走到哪里，鞋子都会粘到油毡地板上。声音听起来有点滑稽,说真的。嗯,如果你刚好用某种节奏移动,真的就很滑稽。

我在柜台后面坐了一会儿,思索有没有可能是谁盗用了我的身份——克隆(是这个词吗,不管了)了我的身份,然后订购了什么东西,让那家公司开了一张数额惊人的缴款单给我。可是你订购什么东西能花掉五百七十万克朗?在我看来,这种东西应该会有好一点的防护措施吧。

十一点到十一点半之间的某个时候,我们店里通常会有阳光直射进来。我把身体往前倾,歪着头,想看看能不能看出端倪,到底是什么东西把地板弄得黏糊糊的。果然,只要角度对了,可以看到一摊一摊的东西,大概是洒出来的饮料。我盯着看了一会儿,看起来有点像世界地图(如果去掉亚洲和澳大利亚的部分地区)。我眯起眼睛,非洲看起来很不错,更别说格陵兰和阿拉斯加了。不过我又告诉自己,可能只是因为我们对那些区域的地理细节没那么熟悉。我想了一下我最了解哪些国家的形状,当然我是说除了瑞典;结论是,可能还是北欧这几个。没多久太阳从建筑楼顶上消失,可是黏糊糊的感觉还在,每次走过去都可以清清楚楚地听见。

我打电话给我的老板约根,问他我们能不能买只拖把。他说可以。说有一只备着以后用也不错。还说如果我可以把整个地板都清洗干净就太好了。

"记得把收据收好。"他说。

于是我到五金店买了可以沥水的那种水桶,可以把附送的拖把里的水挤出来。我装了温水,这时才想到应该买地板清洁剂或者洗碗精之类的东西。不过我又告诉自己,只要水足够热,大概就没问题。我把店里的每一块地板都清洗干净,看起来很不错,整个店感觉好多了,几乎可以说豪华了。我换了几次水,最后把我的鞋底也擦了一遍。然后我坐了一会儿,更换我的手机桌面。我关掉手机,又打开,再换了一次桌面。

我的朋友罗格来了,正好赶上午餐时间。我从厕所出来的时候,他正站在那里打电话。他朝我点点头,然后又走到外面不见人影。二十分钟后,他回来了,问我可不可以把剩下的外卖给他吃。"你不会介意的,对吧?"他说。我告诉他不会。

他在柜台后面的凳子上坐下,呼噜呼噜地吃着剩下的面条和肉。他说他感冒快三个星期了,不过现在似乎总算要好了。

"一开始呢,只是喉咙有点痛,"他一边咀嚼一边说,"后来变成了非常严重的喉咙痛,吞东西都很痛的那种。然后它跑到我的气管里,变成真的痛死人的咳嗽,让喉咙一直发痒,都睡不好觉。我打电话去诊所,说我需要盘尼西林,可是等我到了诊所,我已经开始退烧,咳嗽也好了一点,所以他们拒绝开药给我。他们叫我服用扑热息痛,说如果情况恶化再回去。不过没有恶化。现在好多了。"

他想要咳嗽,可是咳不出来。他叹了口气,摇摇头,又继续吃,把铝箔纸盘刮得干干净净。然后他把纸盘推开,问我们有没有新影片进来,然后,我说没有的时候,他又叹了口气,看向窗外。

"好了,"他说,"我该走了。"

他抓了一把我们为小朋友准备的糖果,就走出门外,离开了。我跟在他身后,想着还是把那面褪色的"营业中"的红旗子挂起来好了。

那天下午没有客人来,所以我可以趁空坐下来整理一些发票。我加上了拖把和水桶的收据。我打孔,把所有东西都放在文件夹里。约根对整理东西有他的一套要求,收据放在绿色文件夹里,未付款的支票放在蓝色文件夹里,之后他会自己付钱,再把单据移到绿色文件夹里。

我坐在那里翻阅文件夹,翻着翻着,又想起那张奇怪的缴款单。我注意到有些公司会把完整的金额打印出来,最后一欧尔①也不放过,这样一串数字看起来很长,有时候很难看清楚0和0中间的小数点。或许我就是这种情况吧,我想,或许他们只是漏了小数点。还是我自己没有注意到?不对,不可能,因为就算去掉两个0,那还是一个大得惊人的数字。我当然没订购过要价五万七千克朗的东西,有的话我会记得的。还有W. R. D. 又是什么意思?我翻了一下,看能不能在店里的发票上找到类似的标志,结果没有。不对,我心想,一定是哪里出了错,事情就是这么简单。

---

① 欧尔,一译"欧耳"。瑞典、挪威、丹麦的辅币名。100欧尔等于1克朗。

2

差不多刚好一个月后,催缴通知单来了。还多了逾期付款的滞纳金,金额变成五百七十万零一百五十克朗。我很仔细地看了看这张纸。毫无疑问,是我的名字和地址,而且没有漏看的小数点,金额没有疑问。这张单子是一家名叫瑞清的债权管理公司寄来的。

敬谢联系,单子中间明明白白地写着,如需申诉,请径洽我司委托人。接着是一个电话号码。

我拨打了印在页面底部的电话号码,结果传来自动语音,对我表示欢迎以后,语音说:

"请用自己的话说明来电原因。"

我试着解释为什么打电话,可是还没能说完,自动语音就打断我,说会帮我转接到接线员那里。

"您目前排在第三十六位,预计等候时间为两小时二十五分钟。"

等了十五分钟以后,自动语音宣布现在的等候时间预计为两小时四十分钟。我笑了,想到竟然有越等越久这样荒谬的事情,而且看来整件事就是个乌龙,我决定让他们自己去搞清楚,我要出门买冰淇淋吃。

天气晴朗万分,天上一片云都没有,阴影下的气温接近三十度。小摊子旁边人们挤在突出的屋檐的阴影里,好像在躲雨一样。我站在广场上,等了一会儿,可是很快就感觉到阳光灼烧我的头皮和脖子,所以我也挤进了小小的屋檐底下。大家在闲聊,天南地北,我突然听见一个年纪稍大的妇人对一个十七八岁的青年说:

"你的多少?"

我没有听到他的回答,妇人的反应倒是听得很清楚:

"哦,好吧,那你运气很好。"

青年又嘟哝了几句。根本不可能听清楚他在说什么,因为他嘴里塞满冰淇淋,而且他背对着我。

那妇人继续说:

"对,可是跟很多人比起来,你算是好解决的了。"

我好奇他们在说什么,不过只能听到她那一方的对话,很难得出什么结论。"那是因为你还活得不够久、不够老,"那妇人突然这样断言,"四十岁左右的人最惨。"青年又咕哝了几句,简短而难以理解。

"就是啊，"妇人接着说，"因为他们就是不管那么多，就继续过日子，完全没想过会遇到这些。他们以为什么都会永远不变，以为国家会负担一切。竟然有这种人！想象一下，你只要花四五年就可以补上了，可是他们啊……哎……"

她把外套搭在一条手臂上，面朝我的方向，等着她的儿子，或是孙子，或是谁都好，等着他吃完他的冰淇淋。那个青年继续嘟哝，声音小得令人绝望。我试图靠近一点，想听清楚一些，可是根本没办法听清一个字。"还是一大笔钱啊。"我猜是这几个音吧。

终于轮到我买冰淇淋了。照惯例我选了小杯装两球，薄荷巧克力和覆盆子。我的两个心头好。

在回家的电梯里，我无意中偷听到一个戴了几条不同项链的女孩在讲电话。她看起来压力很大。她从手提包里拿出皮面的大笔记本，漫无目的地翻起来，往前翻，往后翻，那几条项链互相撞得叮当响。她的头发扎了起来，但她在说话时一直把一绺松脱的头发从脸上拨走。

"好吧，那我可以借一半的金额吗？不是，我知道……好吧，那一半呢？对，没错。对，我跟银行确认过了，他们答应给十，可是那还是……对。"

她在笔记本上做了个小小的记录。

"可是如果我可以跟你借到一半……对，缴款单总额是……"

她捕捉到我的目光，突然闭上嘴。就好像现在才注意到我在旁边一样。电话另一头的人继续说话，女孩只是喃喃地回应着。

这两段偷听到的对话莫名其妙地让我心里不安，就好像他们在说一些与我有关的事情，一些我没注意到的事情。有点像是你出了趟远门，回来后发现大家都在谈论某个名人讲了什么有趣的话，或者都在哼一首朗朗上口的夏日流行曲，每个人都听过，就只有你一头雾水。

回到家的时候，我的冰淇淋几乎吃光了，我把最后几滴刮干净，却不小心滴到了仍然躺在那里的催缴单上。我突然意识到，如果你不向这样的公司付款，你的信用记录可能会留下污点——这种东西很难摆脱，即使事后证明这是乌龙一场。

再一次打电话进去，只需要排队一个小时。但过了一会儿，等候时间又重新计算了，立刻就增加到了两小时七分钟。中间有一度减少为半小时，最久的一次高达六小时。我打开免提,把手机留在茶几上,就让它继续通话。我把充电器插到墙上,一边玩《辐射:新维加斯》①,一边听摩诃毗湿奴管弦乐团②的歌。

下午接着黄昏,黄昏接着夜晚,最后我滑入了最忧郁的情绪。这种状态很容易就持续几个小时。有时我会播放一些特别哀伤的音乐,杰夫·巴克利③,或是美好冬季乐团④的忧郁歌曲;最好是某个饱受折磨的年轻人唱着他受伤的心、破碎的梦,这样我就可以真正沉浸在痛苦与悲伤中。只是坐在那里,更深地沉浸在渴望与痛苦中。这样会有一种特别的满足感,有点像挑开旧伤口、剥开痂皮——你就是忍不住。但过了一会儿,我觉得受够了,翻出几本旧杂志重读,结果竟然在沙发上睡着了,一篇讲投影机和无线媒体播放器的长文章才读到一半。

第二天早上八点,我终于接上线,一个尖锐、有点沙哑的女声接了电话。我劈头就问他们的排队系统是怎么搞的。

"完全不像话,"我说,"一开始是一个小时,然后突然之间

---

① 一款角色扮演类游戏。
② 一支来自美国纽约的爵士摇滚融合乐队,成立于 1971 年。
③ 杰夫·巴克利(1966—1997),本名为杰佛瑞·史考特·巴克利,美国创作歌手、吉他手。
④ 一支美国独立民谣乐队,成立于 2006 年。

变成了两倍，然后又减少一半，可是一眨眼，等候时间又增加到三个小时。"

她道了歉，说系统还在开发中。

"现在还有一些初期磨合的问题，"她说，"当初的构想是开发一个更加动态的、以顾客为中心的排队服务系统。目前，系统以当前呼叫的长度为依据，调整预计的等候时间。不过有时候它可能有点误导……"

"别开玩笑了。"我说。

"好吧，"她说，"有什么地方能为您服务呢？"

我说我收到一张缴款单，一定是哪里出错了，她能不能帮忙更正？她仔细听了以后，说一切都很正常，没有任何错误；而且不，我不是第一个打电话的人。我说我没有订购过任何东西，也没有购买过任何服务，但她坚持说缴款单正确无误。我正在奇怪这到底是怎么回事，她叹了口气，问我是不是从来都不看报纸、不看电视、不听广播？我只得承认真的不怎么注意新闻。

"那么，"她说，我有种感觉，电话另一头的她可能正在微笑，"现在是时候全部缴清了。"

3

窗外天空中出现了一丝一丝热气流形成的云,今年到目前为止最热的一定就是今天了。看起来外面的一切都在颤抖。几个孩子在楼下人行道上跑来跑去,拿着水枪互相喷射。我可以听见他们被凉爽的水柱射中,开心地叫喊。对面的阳台上有个女人在抖地毯。一辆小摩托车噗噗的声音在建筑外墙之间回荡,逐渐消失,然后又出现。听起来有人正循着地址在找什么。

"您有没有倍达通或灵可付?"女人在电话里说。

"你说什么?"我说。

"您注册了哪个支付系统?"

"不知道,"我说,"应该是哪家都没有吧。"

"没有?"她说。

"没有。"

"可是您有付款计划吧?"

"计划?"

"您有付款计划,与您的幸福指数账户挂钩吧?"

我等了一会儿。

"应该没有。"我说。

"您没有注册过?"她说。

"没有,"我说,"应该要注册吗?"

有一会儿她什么都没说,所以我又问了一遍。

"我有什么该做的事却没做吗?"

她清了清喉咙。

"呃,我这样说好了:是的。"

我突然有一种想坐下来的冲动。

"可是,我要付什……什么东西的钱?"我说。

"什么?"她说。

"嗯?"

"一切。"她说。

"你是什么意思,一切?"我问。

我坐在地板上,背靠着厨房的墙,屈膝抵着胸口。这条牛仔裤膝盖的位置已经磨得有点脱线,很快就会有个洞在那儿,不管我喜不喜欢。虽然我知道现在它大概已经不流行了,还是觉得看起来会有点酷。

她犹豫了一会儿才回答,不过就算她沉默,我从她的呼吸声中也听得出厌倦。

"您在哪里打的电话呢？"她问。

"我在家。"我说。

"在家。好的。您看看四周，能看到什么？"

我的视线离开地板，往上环顾屋子。

"看到我的厨房。"我说。

"那么，里面能看到什么呢？"

"呃……水槽，还没洗的碗盘……桌子。"

"看看窗外。"

"好吧。"

我站起来，走到厨房窗边，窗户开了一条缝。我让它开了一整晚，说不定是一连几天，我不记得了。热气多多少少消弭了室外和室内的界限。那天有只鸟儿飞进我家厨房，待了有半个小时。我不知道它是什么种类，不过很漂亮。它在厨房的柜子之间来回拍打着翅膀，在桌子上停了一会儿，又飞了出去。

"外面您能看到什么呢？"电话上的女人问。

"房子，"我说，"还有几棵树……"

"还有呢？"

"还是房子。还有街道、几辆车……"

"还有呢？"

"我可以看到蓝天、太阳、几朵云、人、孩子在人行道上玩耍、大人、店铺、餐馆、咖啡馆……几个人一起出门……"

"没错。您能闻到什么味道吗？"

"呃……是的。"

我吸入了街道的气味，甜美而温暖的夏日香气。花，某种灌木的花？过期的食物？有股淡淡的微微腐烂的味道，还有汽油的味道。典型的夏日气味，几乎有点地中海的味道。我又听见那辆小摩托车的声音了。

"您可以感受到某些东西，对吗？"那个女人继续说，"您正在感受，还想起了不同的事物，想起了旧友新知。而且我想您也有梦吧？"

她已经懒得等我回答了。

"什么意思？"我说。

"您晚上做梦吗？"她继续说。

"偶尔。"

"嗯，您以为这些都是免费的吗？"

我半晌没说话。

"那个，我应该是认为……"

"您真的这样认为吗？"她说。

我努力想出可以回应的话，可是我的思绪绕来绕去，没法形成任何秩序。电话里的女人继续长篇大论,解释费用的分配、解决方案、一次性缴清、扣除额制度和扣款系统。听起来,好像她已经背得滚瓜烂熟了。

终于开得了口以后,我说:"可是金额怎么会这么大?"

"这个嘛,"她说,"活着是要花钱的。"

有一会儿我什么都没说,因为不知道该说什么。

"可是……"最后我说,"我没想到会这么贵……"

4

我看着讨债公司寄来的催缴通知单,手指划过冰淇淋留下的污渍。我觉得自己很蠢;赤裸裸,被揭穿了,不知道为什么。我的感觉就像当年读书时的感觉一样,老师会故意问一些设计过的问题,暴露出你的思考方式有多么离谱。楼下那些小孩正向街道另一边走去,就快要转过街角不见身影。小摩托车的声音越来越远。一个男人骑着自行车刚到达目的地,正忙着把它拴在路灯柱上。

"可是我一直都交税呀。"我说。

她笑出了声。我又坐回地板上。不知道为什么,感觉此刻这样坐最舒服。

"这个不是税。"她说。

她沉默了一会儿,好像在等着我发表意见,可是我不知道该说什么,所以她自己接着说了。

"税。税根本不够维持每天日常的运作。此外,我猜您也不属于那个……"

她又停下来,我听见她在敲打键盘。

"我看看,您刚刚说您的出生日期和身份证号码是什么?"

我告诉她之后,听到她在打字输入号码。她一边等着,一边用手指轻轻敲着电话机。

"好的,让我看看,您现在……三十九岁。嗯……而且您一分钱都没有付过吗?"

"没有,我不知道……"

她打断了我的话:"好吧,很显然这将累积成一笔相当大的数目。"

我听见她按鼠标的声音,好像还有很多页要浏览。

"嗯……"她继续说,"那真的是一大笔钱。"

几束阳光落下,横过厨房地板,其中一束碰到了我的腿。我把手伸出去,小心翼翼地在光束里进进出出。为什么没有人说什么?我觉得奇怪。当局的那个女人仿佛可以听见我的思绪,用一种相当严厉的语气继续说:

"我已经受够了听到人们说什么都不知道这种话。我们去年做了好几次网络宣传,我们还在报纸上刊登广告,在学校和工作场所散发传单。下次您到员工休息室或福利社,眼睛要尖一点。"

"员工休息室?"

"是啊,公告通常都是贴在那里吧,关于这样的事情的公告。"

"可是……"我说,把手从光束中抽出来,"我绝对没办法付钱的。"

她有半晌完全没出声。

"没办法?"

我想了想在音像出租店打工的微薄收入。工资(其中一部分给的还是现金)用剩的那一点点钱,加上一点点遗产(逐渐缩水中),就是我全部的积蓄了。

可是,反过来说,我也从来没什么特别大的开销。我的公寓又小又旧,租金便宜。我一人饱全家饱,生活方式也不奢侈,偶尔玩玩电脑游戏,听听音乐,吃点东西,手机没什么通话费可言,而且我可以从店里免费拿到一些影片。有时候我会买杯啤酒,或是请罗格吃顿午餐,不过最近比较少了。我常常想我是一身轻松,没有那种额外的经济负担。别人都是有事业,有房子,有妻有子女。结婚,离婚,自己创业,成立一家有限责任公司。雇用会计,买房地产,租车,贷款。我自己一个人过得挺快乐,没有大的社交圈,也没有人给我制造什么麻烦。

"完全不可能,"我说,"我银行里最多只有四万。"

"您的公寓呢？"她说。

"租的。"

她沉默了一会儿，然后突然说：

"稍等一下，我查查……"

她放下电话，我听见她走开了。背景里有敲键盘的声音，其他人似乎在讲电话，有几部电话在响。她离开了好一会儿，最后总算听到她回来，又拿起了话筒。

"您有任何贵重物品吗？"

"呃，没有……电视吧，大概。"

"嗯，"她说，"这年头电视机不值什么钱了。大的吗？"

"三十二英寸的吧，大概。"

"那算了，不值钱。没有车？"

"没有。"

"了解了，"她说完叹了口气，"您能支付多少就得付多少，然后我们会清点您的住宅，看看有什么结果，这样我们才能知道最终会欠债到什么程度……"

"之后会怎么样？"

"这完全取决于金额。"

"怎么说？"

"这个嘛，我们确实对债限有所规定。"

"那是什么意思?"

"意思是,我们有债务上限,规定债务最多只能累积到某个金额……我是说,如果想要继续获得……"

"获得什么?"

"……一切。"

"你们会杀了我吗?"

她笑出了声。这个问题显然很愚蠢,但听到她的反应我还真是松了一口气。

"不会,"她说,"我们不会杀你。不过我相信您能理解,如果您没有能力支付这些费用,就不能继续享受那些幸福体验?"

我又把手伸向光束,感受着太阳的热度。温度真的差别很大,虽然实际上只有几厘米的距离。电话另一头的女人打断了我的思绪。

"您究竟在想什么?这么多年来?难道您都没想过应该为您的生活付费吗?"

"这……我实在不知道我们要付钱,为什么……"

她再次打断了我,显然这些话她以前都听过。她知道说这些没有用,她再也没耐心听借口和解释了。我可以听见背景里的声音,隐约感觉我的时间不多了。

"我这样说吧:您有没有谈过恋爱?"

"呃，有。"

"什么时候？"

"有过几次吧，我想。"

"就是不止一次了？"

"对。我是说，那个，认真的有一次。"

她现在是自动驾驶模式，大概已经在想下一通电话了。不过她的声音听起来还是很友善，以一种专业的方式：

"对嘛，您看，您一定经历过一些美妙的事。"

我想起苏妮塔，九〇年代早期我跟她在一起好几年。回忆的小浪潮冲刷着全身，一阵悲楚袭来。

"有，我想有吧。"我说。

她显然急着挂电话，就是这样，一清二楚。好像她突然意识到已经超过了规定的通话时间，好像她突然想起来没有时间和我闲聊。

"那么，如果没有别的事，感谢您的来电。"

"等一等，"我说，"我要……我可以做什么？"

一定是有很多电话在等她，要多少通有多少通。

说不定她可以看到排队人数在持续上升。可能有个主管在她旁边，急着要她接下一通。她现在讲话速度变快了。

"您查过银行户头了吗？"

"没有，可是……看起来不太可能……"

"对，我想也是。"

她大声地叹了一口气，我听得清清楚楚，然后有人在她那间办公室里说了些什么。

"这样吧？"她说，"您就冷静、平静、彻底了解了解您的财务状况，人们通常会想出办法来的。之后您再来电。"

"可是，"我说，"排队真的要排很久……"

"我给您我的专线号码。"

"好吧。"

我听了她的号码，写在冰淇淋杯的底部。

"我叫莫德。"她说。

我们挂了电话，我在那里坐了很长一段时间，手里拿着电话。太阳跑到云后面了，膝盖上温暖的光束已经不在。

5

我的耳朵里有声音,听完演唱会或是得了鼻窦炎会有的那种声音。我不确定是什么时候开始的,或许只是因为那通电话太长了。公寓里已经像希腊一样热了,我知道下午晚些时候,当太阳完全转到大楼的侧面,它只会变得更热。我在想是不是最好继续让窗户开着,还是这样会让更多的热气进来。一阵招架不住的疲倦感袭来,我拖着身体坐到沙发上,想着在我脑海的深处,其实一直都隐隐有种感觉,人生不可能就这么简单。

我向后靠了靠,做了几次深呼吸,当坐在沙发上时,我感觉到附近一股微弱的风正吹过来。我向沉重的、麻痹知觉的疲惫投降了,感觉自己正缓缓地从意识中飘移,进入美妙的昏沉之境;在这里,时间、空间和思绪逐渐溶解。过了一会儿,我睡着了,直到手机铃声响起才醒过来。

是罗格传来的短信,给我打电话,上面说。可是我不想打,至少现在不想。

我把腿伸直，躺在沙发上。布料热乎乎的。我感觉自己热乎乎的，连头发根部都是。什么都热热的。刹那间我以为一切都只是一个梦，但是后来我瞄到冰淇淋杯和底部写着的号码。突然间，我觉得自己非常不负责任，财务状况如此不稳定，竟然还出去买了冰淇淋。

我站起来，在家里漫无目的地走来走去，头有点疼，最后在我收藏的黑胶唱片前停下来。这些唱片能值多少钱？里面有不少真正的收藏级的珍品。我有几张限量版的蓝光影碟，当然还有我的那些乐器。可是不管我怎么凑，仍然无法凑到所需的金额。五百七十万零一百五十克朗，是我想都想不到的天价。

我胡乱想了一下，干脆直接逃走，离开这个国家。他们会投入多少资源来追捕我这样的人？

我可以搭巴士到尼奈斯港，再换乘渡轮到哥得兰岛，然后躲在某个卵石沙滩上。或者搭火车到哥本哈根，再搭便车南下德国……可是，然后呢？我也可以把所有的钱从银行里取出来，买一张去美国的飞机票，在曼哈顿闲逛，喝奶昔，吃熏牛肉三明治。就这样一走了之的想法很诱人，可是真的到了那里以后，我要做什么？再想到永远也不会回来……不要，毕竟我在这里很开心。我在这里有朋友，有我所有的回忆。我喜欢我的公寓，喜欢四季的变化分明。我喜欢躺在沙发上……但当然，如果真的别无选择……

我拿起手机，在手里握了一会儿。如果妈妈还在，我就打给她了。她会因为这样打起精神，就这么简单的小事；虽然她也会因此担心庞大的债务。说不定她可以想出解决办法，她通常都可以。我站了一会儿，手机在两手之间抛来抛去。最后我打了唯一能想到的那个电话号码。

6

响第二声的时候莫德接了电话,她现在听起来平静多了。感觉怪怪的,前一晚排了那么久的队,这次突然直接接通了她的电话。这让我觉得自己有点特别。

"如果我失踪了,你们会怎么样?"我问。

"失踪?"她说。

"对。"

"原则上来说,您人在哪里并不重要,这个原则对任何人都适用。要补缴尚未支付的金额,或者以您的情况来说是全部的金额,在哪里都可以补缴。货币也是任君选择。您可以任意选择居住地,只要不逃避支付义务就好。"

我想了想。

"如果我就是逃避呢,会怎么样?"

"这个嘛,"她说,"我们会针对您个人发布警报。您的银行账户、驾照、护照、信用卡,都会被冻结或吊销。您会被登记在案，例如，以后再也没办法贷款。处境会变得，怎么说好呢……艰难。怎么，您在考虑逃避吗？"

"没有，"我说完叹了口气，"我想没有。"

"很好，"莫德说，"因为我有命令，如果发现任何人有潜逃的可能，都得呈报上去。如果不用这么做就好了。"

我觉得我听出了一点西海岸的口音，于是开始思考她是哪里人。她已经尽力说一口标准的瑞典语，但在句子的末尾偶尔会有一点点活泼轻快的语调。听起来有点可爱，不知道为什么。

"那么，钱准备得怎么样了？"她说。

我抹了抹脸，努力让自己的声音听起来是已经着手在处理了，假装自从上次谈话以后，我什么都没做，就一直忙着计算数字、打电话找人求助。

"不怎么样。"我说。

"您没有任何投资或股票吗？"

"没有。"

"珠宝？黄金？"

"我有几枚戒指，仅此而已……两个烛台吧，可是那些不……"

我在沙发上坐下，正想再次躺下，又想到她可能从我的声音里听出我是躺着的，这给人的印象可不好。

"我就不能用工资抵扣,一点点地还清债务吗?"我说。

莫德深吸了一口气。我又感觉到了,好像这不是她第一次得费一番唇舌解释这一点。她回答的时候听起来相当机械。

"假设您有正常的工作能力,我们自然会根据欠款金额对您的还款能力进行评估。但是要调查的因素很多,当然这涉及大量的行政工作,但是我们连有没有这个必要都不能完全确定。而且,我说过,我们确实有债务上限的规定,如果超过上限,我们就不能保证您继续拥有获取权。"

"债务上限是多少?"

"它是根据一个公式计算的,这个公式考虑到年龄、居住地、特殊经历、成功程度、距离海边远近,诸如此类的因素。家庭与人际关系的质量,等等。整体来看,这些就构成了您个人的'幸福体验指数'。只要所有的信息都能被核实无误,您的指数将不断更新。当然,这些都是官方管理的,但恐怕我无法对目前的状况做出估算……您曾经遭遇过重大挫折吗?"

我盯着沙发对面墙上的一小块污渍,它在那里已经很久,久到我记不清了,不过我还挺喜欢它的。它让我安心,有家的感觉。我不知道那是我弄出来的,还是前一个房客弄的。

"你是什么意思?"

"好吧,我从这里开始问吧,"她继续说,"您是残疾人吗?"

"不是。"我说。

"您患有任何疾病吗?"

"没有。呃,没什么大……没有。我有时候有点哮喘。"

"哮喘?"

"对,有一点。偶尔,春天的时候。"

"哦?"

"我可能还有乳糖不耐症。"

"嗯,那个不适用。现在不适用了,现在有很多新产品和替代品……您是和您的父母一起长大的吗?"

"是的。"

"那就是了,对啊,那会提高指数……"

童年的画面从脑海里飘过。妈妈站在厨房抽油烟机下面,抽着一支薄岚牌香烟;爸爸俯身在汽车前面,引擎盖掀了起来;我的小三轮车,坏掉的门铃,房子后面长长的草,还有应该拿来修剪草坪的生锈的割草机。

"可是我们并不是特别有钱或什么……"我说。

"这对那段体验没有任何影响,不是吗?"

"我不知道,我想说不定有……"

"您是什么意思,具体说说?"

"就是，如果我从小……我是说，有时候生活是相当艰难的，当只有爸爸一个人在赚钱的时候……"

"可是您觉得幸福吧？"

"什么？"

"您的童年令您满意吗？"

我犹豫了几秒。

"呃，是的，我不得不说……"

"您看，没错吧？"

我对她的年纪好奇起来。她听起来比我大一点，但这并不意味着她就真的比我大。略微沙哑的嗓音让她多了一种神秘的魅力，不过她也可能比我小五岁、十岁。这种事情总是很难说。或许只是因为她那官方的语气，那种快速背诵的方式，或者是因为她懂一些我不懂的事情。这也不是第一次了。我常常觉得自己的心理年龄只有十七岁。而她绝对不止十七岁，怎么样都不止。

"就像您在我们的调查问卷上面说的……"她又继续说道。我闭上眼睛，努力在暑气中集中思绪。

"等一下，"我说，"调查问卷？"

"是的，您表示……让我看看……"

我坐直了一点。额头和太阳穴上冒出了小汗珠，我可以感觉到抵着脸颊的手机变得又湿又滑。

"什么问卷?"我说。

"我们的调查显示……"

她停了停,我听见她在点击电脑上的某个东西。现在我想起来了,几个月前填过一些问卷和表格。一大沓,有各种各样的问题和方框要你勾选。我好像是蹲马桶的时候填的吧,然后只要塞进回邮信封、扔进邮筒就可以了。

"我查到一些结果了……我看看……"

我站起来,开始在屋子里走来走去。

"好吧,可是……"我说,"我以为填那个只是好玩……我并没有把它当回事。"

"没有?"

"没有,不然我就会多思考一下了……"

"您没有认真思考?"

"呃,没怎么……"

"有了……五份手写问卷和一通电话调查。"

我突然想起一通电话。大约六个月前,一个年轻的女人。跟她讲话还蛮开心的,她的声音有点性感,而且头一次有人打电话来不是要推销东西。过程很利落、有趣,在几个可能的选项中选择:非常同意、同意、不同意、不知道。莫德继续说:

"我看到的分数很高。"

我走进了厨房,又走回客厅。

"真的吗?"我说,"哦……我那天心情一定很好。"

"不过您的确如实作答了?"

"这取决于你如何看待它。"

"什么意思呢?"

我在沙发和墙壁中间走来走去,很庆幸莫德看不到我。

"会变啊,"我说,"每天都不一样。我是说,有时候你心情好,事情好像就没那么重要了……"

"真的吗?"

我在沙发上坐下,可是马上又站了起来。

"我认为把一切都建立在这样的调查上是相当不专业的。我是说,我怎么会知道我的答案会成为……"

她又打断了我。

"那个当然不是全部。您的回答只是参考而已。这些计算有九成是基于纯粹的事实。不过所有的证据都表明,自我评估的结果是一个不错的指标。"

我试着回想那些问题和我的答案。说不定我当时一直佯装自己人生有成,让人觉得我比实际上更成功?毕竟我真的喜欢那个女人的声音。说不定我是想给她留个好印象?我甚至有可能只是在胡闹和编造故事。

"你看得到我的答案吗?"我说,"我说了什么?"

"我这里有一份大致的概述。基本上就是分数而已。我可以看到对您作答内容的分析,就是以比较平易近人的格式呈现的原始数据。如果您想要更多信息,我必须申请调出您的档案,这会需要一点时间。"

我告诉她我想要更多信息。她说她会再打给我,我们就挂了电话。

7

她再打来电话已经是傍晚了,我知道我应该先吃点东西的,就算没那么饿也是。外面完全静止了,非常炎热,远处有汽车警报器在响。

"东西挺多的,"她说,"现在还没有建电子文件,而且我也刚刚收到,所以您知道我还没有时间去好好了解细节……"

"好吧。"我说。

我听得到她在翻阅一些文件。她抬了一个重物上来,差点没喊出声。我们就"无纸化社会"互相讲了几个适时客套的笑话。

"您想要调查问卷的结果……"她终于说。

"是的。"我说。

"请您确认您的地址,我会帮您寄……"

"现在在你手上吗?"我问。

"是的……"她说。

"你就不能告诉我我说了什么吗?"我继续说。

她犹豫了一会儿。

"要翻出来得花一点时间。"

"我可以等。"我说。

"呃……这个,通常,我们不……在电话上……不过如果您告诉我您的地址,我可以寄一份副本……"

"可是,"我说,"你不能就念出来吗?我是说,我都给了你身份证号码什么的了。"

她安静了好一阵子。

"这个,大概可以吧。"她慢吞吞地说。

"就几条就好。"我说。

我听见她又开始翻那些文件。

"好吧,您得稍等一下,等我翻一翻档案。"

"乐意之极。"我说。

我们就这样坐了两三分钟,没怎么说话,唯一的声音就是她翻阅文件时的呼吸声。我一回神,发现自己在想她是不是应该把话筒放下来,接着又想到她说不定戴着耳机。她清了清喉咙,继续说:

"那么,请问您想要知道什么呢?"她说。

"前面几个问题就好……"

稍微停顿了一下,她说:"好的,第一个问题……我看看……年龄、性别、受教育程度……不过我想您真正想要的……有了,在这里:您认为您的人生有目标吗?有意义吗?您的回答是……"

我想我能听到她的手指划过纸面,指到答案那一栏。

"是的,"她继续说,"事实上,是第一个选项,'非常同意'。"

对,是这样没错。我现在清楚地记得给出了那个答案。我在想我会不会几乎每一题都答了第一个选项。我是说,坚持同一个答案,感觉有点酷。有点像是对那些问题耸耸肩,没那么当真。

莫德继续念第二个问题。

"您觉得在您工作的地方,您的意见和想法受到重视了吗?"

什么意见和想法?我根本没什么想法,就只是把影片租给来店里的客人而已,了不起可以卖几袋薯片或几瓶两升装的汽水。约根根本不在乎我有什么意见,我们从来没谈过这种事。我拿薪水,我整理影片,就这样。我能回答什么?大部分时间,我就只是站在那里想别的事情,想办法留意时间、留意什么时候可以下班。有时候罗格会过来,如果我有空,就会站在那里和他聊天。或许看看 YouTube 上的视频。我觉得店里运作得很好，而且我对生意该怎么做绝对没有什么更好的建议。

莫德正要念第三个问题，可是我突然不想再听下去了，我说我得挂电话了。我甚至不知道有没有好好道别。

8

虽然有些不情愿，我还是得承认我的人生其实过得挺幸福。我没什么好抱怨的。没有穷困的童年，没有成瘾的恶习，没有被虐待，也没有在监牢似的寄宿学校度过的情感冷漠的上流社会那种青少年时期。那些年在佛格法根街我家那幢小小的连栋屋里，我的日子好像过得没知没觉。现在我的父母都过世了，但是反过来说，他们都是七十好几才走的，所以那也不能算是特别大的心理创伤。而且我姐姐还在，虽然我们这阵子不经常见面。她最大的好处就是她那几个孩子（接触剂量不要过高的话）。我在我的公寓里安安静静地生活，自己都觉得不配拥有这样的幸福，也从来没有真正梦想过别的什么。自从苏妮塔以后，我就没有认真和谁交往过，当然我有时候也会希望自己有女朋友，可是我不得不承认，大部分时间我自己一个人就很快活，再说现在网络方便得很。

我不会想要有人陪，反而是能躲则躲，尤其是和我姐姐混乱的生活比起来，她在公司、幼儿园、呕吐袋和家庭治疗疗程之间忙得团团转。我想不出来有什么不公正的事情给我留下了深刻的伤痕。罗格就总是跟人起争执，他常常告诉我他和别人吵了什么架——他弟弟，国家保险公司的人，税务局的人，他欠钱的人，或者是欠他钱的人。当然我也有心烦、痛苦的时候，可是通常马上就忘记了，继续向前看，那类事情从来不会在我心里留下多少印象。我爱我的爸妈，我当然想念他们，可是接受他们走了的事实也不是太困难。人生不就是这样。

我努力回想上一次真正发火是什么时候。上个星期，当纸袋的提手断了，买的杂货日用品全都掉到了人行道上时，我大声地咒骂自己。我不得不用两只手抱着所有东西，好不容易才回到家，那时我真的是一肚子火。可是后来这件事也过去了，我的心情很快又好了起来，因为我发现家里还有三份《地铁报》，上面的填字游戏还没填过。

可能我没有认真面对问题，就这样逆来顺受、一声不吭地接受了扔给我的一切。我是不是太好骗，太好说话了？我是不是应该要求多一点？如果我更多疑，是一个更懂得谈判的人，日子会过得更好吗？

9

我用微波炉加热了一块比萨；好吃，可是不够吃。然后我在餐桌旁坐了一会儿，就只是思考。原本温暖宜人的夏日空气变得黏稠，令人窒闷，要保持头脑清明无异缘木求鱼。我的思绪一直在跳来跳去，什么和谐融贯根本就办不到。我发现自己坐立难安，所以又打了一次电话，也不管现在已经晚上八点了。

"其实我一直很焦虑。"我说。

"是吗？"莫德说，"什么时候呢？"

我把刀叉一起推到盘子上，突然发现嘴巴很干。应该先喝点东西再打电话的，我感觉嘴巴因为紧张都粘在一起了。

"什么？"我说，"什么什么时……"

"哪几天？"

我吞了几下口水。

"你是说我应该记得确切的日……"

她没道歉就打断了我。她现在受够我了吧，我听得出来。

"如果您想获得焦虑扣除额,我需要知道确切的时间。"

"焦虑可以有扣除额?"

"只要能够核实。或者您能提供一个具体的日期,可以和其他与精神疾病并不互斥的活动进行比较,那么显然,可以根据精神健康下降的情况,降低您的幸福体验分数。请问您说的是哪一年呢?"

我把餐具推到盘子边上,看起来有点像时钟的指针。我在脑子里快速地计算了一下。

"呃……今年。"我说。

"月份呢?"

我不习惯说谎或编故事,我的嘴巴更干了,而且感觉从声音里都听得出来。可是我多少觉得应该好好把握机会,就豁出去了。

"一月。"我说。

"好的。我没看到这类的备注呢。"她说。

"没有,但这是真的。"

"嗯……从一到五分打分的话,是几分?一分是正常,五分是没办法从事任何活动。"

"这个,呃……五分。"我说。

我觉得夸张一点可能会比较好。

"天啊,"她说,"日期呢?"

"一号。"

"一月一号吗?"

"嗯。还有二号和三号。"

"好的。还有其他日期吗?"

我犹豫了一下。

"没有,就这些了……"我说。

"所以四号那天一切都好转了?"

"对,应该是吧……"

"突然就没事了?"

"呃……对。"

我听见她啜了一口咖啡还是茶。我也能喝点东西就好了。

"这真的是事实吗?"短暂停顿后她说。

我这个骗子实在是无可救药,我心知肚明,再说下去就丢脸了。

"这……不是。"我说。

"不是,"她说,"我猜也是。现在我们约好别再浪费时间了,好吗?这样我们才能想出一个恰当的解决方案。"

"好的,"我说,感觉很可悲,"对不起。"

她念念有词,我感觉她认为这没什么大不了,打算不当一回事，而且她大概也经历过类似的事情。

"可是我确实很焦虑，"我说，"说实话，我不记得任何具体的日期，或者情况有多么糟糕，可是……那个……我有时候真的感觉很不舒服。"

"好的……"

现在她的声音多了一点不一样的语气。某种程度上，是同情。感觉有点像心理学家吧。或许他们受过这种声音训练，可以让对方心情平静。

"我常常没什么事也会焦虑起来。"我说。

"哦？"

"而且我不知道为什么。我很容易受伤，对什么都很敏感，也没有特别的理由。比如说春天，你以为你应该会高兴、会开朗起来，我却经常感到有点沮丧。"

我听得出来我在这头讲，她在那头又喝了几口咖啡。

"您知道这些都是体验的一部分吧？"她终于开口。

"什么？"

"而且，您要为整个体验付费？"

我把叉子拖过盘子这头，却把刀子碰掉了，刀子在瓷盘上发出哐啷声响。她继续说：

"您可以这样想：您去看电影，可能今天看的是一部喜剧，明天看的是一部催人泪下的悲剧，但是就结果而言，这种体验并不因此而缺乏说服力。您要知道，这些都会增加幸福体验分数。您和我一样明白，痛苦并不是一种完全负面的情绪，对吧？"

我没有说话。

"我们不会别的不吃只吃甜食……同样也不会想要避开所有的逆境。事实上，我们一定要遭遇到一定程度的逆境，才会懂得惜福。我的意思是，想想看那些真的很棒的料理，里面什么都有，就像拉塞·贝里哈根①唱的那首关于斯德哥尔摩的歌，歌词唱的：'有甜也有咸'……"

我把盘子推到桌子另一边，抬起手，按摩我的额头。她接着说：

"好了，现在我没有能帮上忙的地方了，您的案子已经被评估过了。"

"这是什么惩罚吗？"我突然说，"因为我对父母的哀悼不够深切？"

"什么？"她听起来真的吓了一跳，"您怎么会这么说？"

我叹了口气，捏了捏鼻梁。我感觉到头要痛起来了。

---

① 拉塞·贝里哈根（1945— ），瑞典著名的创作歌手和演员。

"那个,也许它还没来得及好好沉淀。我只是像往常一样继续工作。这样会太麻木不仁吗?我是说……说不定我应该难受却没有那么难受……我姐姐就一直又哭又叫,然后变得沉默、忧郁等等,可是我……"

"别说傻话了,"她的语气还挺温柔友善,"这不是什么个人问题,您的分数完全是基于体验而定。"

"我可以申诉吗?"我说。

"当然可以,不过这可能会需要很长时间,而且改变不了现状。您要知道,这不仅仅是一个国家的议题。这是一个资源分配的问题。显然,每个国家都要以全体人民的集体数额支付费用的很大一部分,但是之后账单得要分摊,人人有份,我相信这您也理解。洪水、饥荒、饥饿……这比起——您刚刚怎么说?——春天时感觉有点悲哀,你会怎么想?"

"嗯。"我说。我暂时不想再考虑这个问题了。

我同意先把银行里仅有的一点钱取出来支付后,我们挂了电话,我这才发现我还是很饿。我突然想到,除了那块比萨,这一整天我什么也没吃。我去做了一个奶酪三明治,倒了一杯全脂牛奶,一口喝掉。吃完三明治我立刻又做了一个。我感觉自己贪吃无厌,这感觉好美妙,可以这样向饥饿投降,不假思索，毫无节制。奶酪、面包、牛奶三种味道结合在一起真是美妙。这当下我想不到还有比这更美好的事情了。

我坐回到餐桌旁，心里明白一切都完了，没有任何方法改变这种情况，我只能接受现实。所以接下来会发生什么？

就我目前所知，他们不会杀我，她是这么说过。透过打开的窗户，我可以听见鸟儿的黄昏歌声，人们在欢笑，互相交谈。友善的声音。一天之中整个城市放松的时刻就要到了，外面人声脚步声越来越大，有人去酒吧，坐在人行道上的吧台座。现在这整个事情好像没那么重要了，接受现实的感觉在我身上蔓延开去，其实还不赖。几乎可以说通体舒畅。我决定把剩下的那盒牛奶喝完。味道真好，几乎一口气喝到底。

10

夜已经深了,但我还是打了电话。这段时间我几乎一直坐在餐桌旁没动,聆听着外头的市井喧嚣。我看着黑暗缓缓笼罩了建筑楼顶,传来的声音也随之变化。有一对夫妇在争吵,我可以听见只言片语,但还不足以理解他们在吵什么。一个女人在大笑,笑了很久。一条狗在吠叫。还有一群年轻人唱着足球加油歌。偶尔会有一阵凉风吹进温暖的厨房,抚摸我的脸和手臂。我就坐在那里,没有去其他地方的理由。不知怎的,生活就是如此美好。它应该很昂贵,这再自然不过。

我拨了号码,但是无人应答,我这才想到就算是莫德也需要休息,也许去上个厕所或吃点东西。说不定她也正坐在那里聆听城市的声音?说不定他们有个屋顶露台?说不定她在温暖宜人的夏夜里,坐在露台上抽烟或喝咖啡?我挂断电话,等了半个小时,再拨了过去。

"什么事？"莫德说完，叹了口气。我能清楚地听出她声音里的烦躁。她知道是我。她大概有那种可以显示来电号码的屏幕。她给我专线电话的时候，肯定没想到会是现在这样。

"那个，我正坐在厨房里，体验着幸福。"我意有所指地说。

"真好啊。"她说。

"是啊，"我说，"我忍不住好奇这样会有什么后果？"

她没有马上回答。

"您是什么意思？"她说。

"我的意思是，现在我感觉非常好，那么随着所有即将到来的体验——我实在不想承认，但是……呃，它还会再发生的。今年，或许明年……你怎么知道一年过后我不会又欠下五百万的债？"

透过窗户，我可以看见一株垂头丧气的盆栽。邻居出门过暑假前把它留在了阳台上，大概以为它靠雨水就可以存活。不过在这种高温下，它不可能还有多少天好活。

莫德长叹一声。现在她对我感到厌烦了。

"您真的没弄明白，是吗？"她说。

我只吐出一个拖长的元音，可能是一个e。正准备回答她我也许真的没弄明白时，她自顾自又接着说：

"金额是一次性的。这才是整件事的重点。现在就是那个时间点。"

"哪个？"我说。她又叹了口气。

"您该不会漏看……现在就是我们调整……实施重大调整的时间点。所有的传单上都写得一清二楚，如果您去看一下您的收件箱……我想甚至连我也提到过这一点……"

"可是……"我打断她，"这样最终可能会变得非常不公平。假设我是现在付最多钱的人，但可能明天我就得了什么疾病，接着要受苦十年、二十年。"

"话是没错，"莫德说，"可是那些钱现在就得支付了。过去是我们唯一能掌握的信息，不是吗？未来的事……呃，我们一无所知，不是吗？你和我都不知道我们明天还能不能站在这里。"

这样一想，我们都安静了下来。我看着一只苍蝇在窗玻璃上挣扎，不断地撞上去又弹开。最后我说：

"我现在坐着，你呢，你不是吗？"

我想我几乎可以感觉到一抹微笑。

"不是，我不是，事实上，"她说，"我现在站着。"

"你是不是有那种可调节的……"

"没错。毕竟我要花很多时间接电话。"

我突然替她感到难过。这份工作想必极其累人，日复一日地坐在那里，应付各种焦躁不安的人，解释某个不是你自己制订出来的东西。在这么热的天气里。难道她就不渴望到外面去吗？其实我觉得这很奇妙，她竟然愿意给我这么多时间。此刻有多少人在线上排队，等着接通电话？说不定她对我有一点点好感？

"你现在身上穿着什么？"我说。

话就这样脱口而出。我不是故意的，只是高温好像把我的脑袋给熔化了一样，好像就因为是晚上，整个空气都变了样。一切都感觉有点虚幻不真实。我话还没说完就后悔了。

"您说什么？"她的语气听起来好像刚刚真的没有听见。

"没什么，"我赶紧说，"不好意思，没什么。"

"好吧。"她的声音听起来又变得疏远了，就好像她不知道当谈话超出了通常的界限时该如何表现。

我感觉到自己脸红了起来，而且突然想到，原来我这么容易对女人产生兴趣。真的不需要什么条件，只要她不是彻头彻尾惹人厌烦就行。通常只要是亲切友善就够了。甚至不亲切不友善也没关系，性格很差的那种也可以引起我的好奇心。大多数时候，只要一个女人对我表现出任何形式的兴趣就足够了。可是就连这个也不是必要的，冷淡我也欣赏，事实上，我反而会因此而受到吸引。我意识到，根本不需要任何东西来引起我的注意，只要用上一点想象力，就可能把骗得我什么都信以为真。我基本上是把人往好的一面想，而且假定大部分的人都对我心存善意。再说，不管什么原因，在一天中的这个时候和人交谈，确实让人感觉很亲密，几乎有一点两人世界的味道。他们的上班时间是怎么计算的？说起来，这不是非常奇怪吗，你差不多任何时间都可以打电话过去，而且直接跟这个女人讲到话？

我站起来，开始寻找账单。W. R. D. 是一个什么样的官方机构？它代表什么？听起来像是捏造出来的。它真的存在吗？"付款要求"所使用的字体是不是看起来有点奇怪？实际上整个形式有一种相当业余的感觉。

我试图回想她说过什么，越想越觉得这就像典型的诈骗。一个年轻女人用诱人的声音告诉一个男人，他欠了一大笔钱，必须将还款汇入某个账户。这种主题的电影我看过多少部了？还有，她花了这么多时间在我身上，不是有一点可疑吗？她哪里有时间去照顾其他人？还有她人在哪里呀？该不会和我不在同一个国家吧？我真是太天真了，竟然没想到那些集团，他们会利用无数巧妙的转接和加密系统，几乎不可能追踪得到。这完全就是他们的手法啊。我听到的究竟是什么？办公室里的声音。这什么都有可能，说不定是录音？

我走来走去，想找到那张缴款单。我的电话还贴在耳朵上，可是我和莫德好一会儿都没有说话。为什么她突然不说话了？她猜到我起疑了吗？或许我应该打电话给罗格或我姐姐，跟他们确认一下？毕竟我认识的人里没有一个提过这件事。还有，外面街上那些谈论这件事的人也有点奇怪，不是吗？有个地方不太对劲，说不出来的不对劲。那对母子的谈话好像在念台词，还有那个母亲一直看着我的样子。电梯里的那个女人呢，把项链弄得叮当响，提起缴款单和贷款时有一点"太"明确，感觉不自然……显然他们都是接到指令要接近我，在我听得见的地方说那些话。

我闭上眼睛，试着思考。不先查清楚，就把一大笔钱汇入别人的账户，那可是非常愚蠢的。我越想越觉得不可思议，我怎么可能在这张缴款单出现在我的信箱之前，从来没有听过这件事。说不定他们专门针对那些对世界上发生的事情不太了解的单身人士，说一堆谎言骗他们上当？

过了将近一分钟，我没能找到那张纸，我们两个也都没说话，我就走到窗边站着。迟来的领悟席卷着全身，我打了个哆嗦。那就是我的第一反应啊，我心想，就是我一开始有的念头：假的缴款单。我努力回想，除了地址、出生日期和身份证号码，我还泄漏了多少信息。最后我直接说了：

"我怎么知道你不是在骗我？"

她还是没说话。我不等她回答就接着说：

"说不定全都是圈套？毕竟这种事你也听过吧。你看过大卫·马特梅的《西班牙囚犯》吗？那部阴谋片，到后来每一件事都是假的？还有另一部，叫什么来着？《致命游戏》，迈尔克·道格拉斯主演的。我怎么知道你们不是在骗我，打算卷走我所有的钱消失？"

她什么都没说。我想这应该是紧张造成的沉默，诡计被识破以后的沉默。毕竟还有什么话好说的呢？一切都真相大白了。

我不能否认，他们做得非常漂亮。简直是令人惊叹，竟然策划出这么厉害的计谋，像这样唤起受害者的内疚感，还讲得头头是道，像真的一样。从某种程度上来说，要出手制止这一诡计，倒让人感觉有点残酷。我是说，我已经开始享受这些对话了呢，我很乐意每天晚上继续跟她聊天。现在她又在喝咖啡了，在摆弄纸张，或是整理办公室的东西。

"好吧，"她终于说，"您当然有权预约一下咨询时间，过来和我们的顾问谈一谈，如果您愿意这样做的话。"

11

W. R. D. 的瑞典总部有好几栋相邻的建筑物，它们由斑驳的灰色花岗岩建成。人潮在入口大厅发亮的石砌地板上来来往往，看起来没有尽头。一整排电梯不少于六部，上方挂着巨大的黑色标志，用金色字体写着 World Resources Distribution，"世界资源分配"。一面光滑的花岗岩墙上有水涓涓流下，形成一条整齐规律的小河。朝南的大玻璃帷幕透进大量的光线，墙脚一只只大方盆里种着的可能是无花果树。大厅里面可能播放着轻音乐，除非单凭这恰到好处的设计就能制造出如此和谐的音景。三号和四号电梯中间贴着整个建筑群的平面图，还有一个大大的"您的位置"箭头，告诉我此刻身在何处。

顾问都在十二楼，接待柜台有很多玻璃门朝向四面八方，形成一幅不容忽视的画面。在正前方，电梯对面，一个女人坐在办公桌前，一边翻阅文件一边讲电话。她请我坐，我就在她一侧的扶手椅上坐下。我的左手边是一间空着的会议室，右手边是开放式办公室，我想象中莫德就是在那种办公室里面工作。我给自己找了点乐子，猜着她可能是哪一个。里面有十几个人，大多数真的站在可调节高度的桌子前。我注意到一个穿浅褐色连身裙的长发女子，看起来冷静从容，可是你又看得出来她讲话的语速很快。看看玻璃门后面忙碌的程度，我坐的地方真是安静得出奇。那些门当中只有一扇是磨砂玻璃的，门后走出来一个头发梳得整整齐齐的男人，他自我介绍说自己叫耶奥里，请我跟他一起去会议室。

耶奥里穿着西装，没打领带，看起来跟我一样大，也可能大上几岁；已经开始稀疏的头发是深褐色中带一点红，不知道是不是染过。他在我对面坐下，把一个厚厚的文件夹放在桌上。

"好吧，"他看着我说，"您希望当面谈一谈？"

"呃，对，"我说，"我有几个疑问。"

他点头微笑。

"嗯，"他说，"哪方面的疑问？"

我摊开双手。

"譬如说，数字怎么会这么大？"

他又点点头，显然习惯了这种问题。

"让我们来看看，"他边打开文件夹边说，"您打过电话，是跟……"

"莫德。"我说。

他抬头看我一眼,又低头看着文件夹。他把长长一绺垂在前额的头发拨好,然后用手指沿着一页纸的底部摸索。

"莫德……莫德·安德森,对,没错。稍等一下。"

他走出去找柜台那个年轻女人,然后又回来坐下,开始翻阅档案,看起来对我在场并不以为意。他有一大堆文件,来自区公所、市政府、学校、地址登记处、博彩公司等等。天花板上传来嗡嗡声,是空调或通风系统什么的声音。我注意到每个墙角都装有小型监控摄影头,简单、平面的镜头,大小刚好,足以让你知道房间里的角角落落都拍得到,没有秘密可言。我们大概从头到尾都被一个坐在别处的人监视着,说不定还在偷听。

透过玻璃墙,我终于看见一个身材高瘦的女人,穿着海军蓝外套和裙子,走在桌子之间的走道上。她有着丰满的嘴唇,金色的头发剪到颈后,但是前面的头发留得长一点,在两颊周围形成一个小弧度。她走出来,进了接待区,又朝我们走过来。她敲了敲门,在耶奥里示意后,推开了门。

"你好。"她对我伸出手。

我站起来,正准备说出事先想好的台词,说她长得就像电话上听起来的样子,就发现她的声音听起来一点都不像。我看着她的眼睛和头发,还有看起来太丰满而不像纯天然的嘴唇,心想她和我想象中的完全不一样,这时她介绍了自己,说了个又长又复杂、听不太清楚的姓氏,我听起来像是银行的名字。或是律师事务所。我记不起来了,姓和名字都记不起来。反正都不是莫德。

耶奥里也站了起来。他推了推眼镜,顺便从眉毛上拔掉一根看不见的头发。她身上散发着淡淡的清爽的香水味,外套领子上别了枚小胸针,一朵花或一个花圈之类的东西。不知道胸针是不是有任何象征意味,还是纯粹就是别着好看。她在耶奥里旁边的椅子上坐下,没靠向椅背,把一份文件放在膝盖上,眼睛瞄着耶奥里正在翻的文件,嘴角偶尔抽动一下,露出相当专业的微笑。

"没错,"耶奥里说,"这是一种美好的生活。"

"是啊,没错。"

他们俩抬头看着我,一脸惊讶,好像没料到会听到一个回答。耶奥里很快又回去看他的文件,那个名字像银行的女人也看她自己的文件。

"这将是一大笔钱。"他说。

"对啊,我想你们……"我又开口了,但这才发现他一直是在对她说话，是他们两个在对话。显然他们要先讨论这些数据，然后我才有机会陈述意见。

名字像银行的女人点点头，又笑了一下，这次有点宽大为怀的味道。然后她回头看着耶奥里。

"概述是谁整理的？"

"一个叫莫德的。"耶奥里说。

"莫德？"

"对，这里写着莫德·安德森，应该是三楼的……"

名字像银行的女人用她的笔扫过莫德的报告，一行接着一行，用相当低的声音快速读着。

"好的，健康检查都正常，全面横扫。自十二岁起幸福体验点数很高。同理心抑制因素无。父母皆过世。未成家，但有类似的关系提供稳定的经验商数。自去年十二月以来没有遭遇过任何挫折。贫穷等级为零。情商商数高……多年来有不少好友，交情皆属深厚。有一个叔叔，是他人学习的榜样，这一项得到满分。孩子对这个话题的反应是完全令人感动的。行事可靠，但身无重责……有强烈的感情羁绊，但没有情感负担。"

她继续翻看文件，仍然用笔指着。

"除了社会福利带来的溢价、白人带来的溢价、男性带来的溢价，还有……我看看……没有睡眠障碍。工作场所适应性百分之一百。有一位老朋友，罗格，经常来访，但没有社交义务。换句话说，全部都是积极的……"

我意识到这些都不是说给我听的，但不知道为什么，听到人家这样描述我的人生，感觉还不赖。几乎令人印象深刻。听起来莫德似乎用一种极其优雅的方式总结了我的生活，而且我很难不注意到耶奥里有几次扬起了眉毛。

名字像银行的女人坐在那里，自始至终挺直了背，我想那姿势一定很不舒服，不过她大概已经习惯了，因为她看起来一点困扰都没有。

她的脸很小，显得黑色粗框眼镜后面的那双眼睛大得几乎不成比例。她可能不是传统意义上的美女，可是她身上有一种让人尊敬的东西，这本身或许就可以视为一种魅力吧，我推断。而且就算她的嘴唇真的做过手脚，不可否认的是，做得非常漂亮。

"艺术呢？文化？"耶奥里低声说。

"音乐感受力强，"她继续大声念着莫德的报告，"反应积极，能感受到最简单的和声变化。"

"支付能力呢？"耶奥里说。那个女人翻了翻文件，抽出另一张纸。

"根据报告，极低，没有私人财富，不过住宅清点还没有……还没有进行……但是被调查者宣称他拥有……我看看……'乐器'。"

她清了清嗓子，用手掩着嘴。或许是在遮掩笑声。

"还有少数科幻小说藏书，价值不明。"

耶奥里终于转头看我。

"好的，那么……您还没有支付过任何金额？"

我用眼角余光瞥见那个名字像银行的女人在扫视报告，显然忍不住摇了摇头。这举动本来会惹恼我，可是我还在震惊：莫德对我的了解竟然如此之深，而且把概述写得这么好。

"呃，没有……"我说。

他皱了皱眉，然后一边继续翻看他的文件，一边哼着小曲。

"指数与您相近但身无分文的人相当少见，"他终于开口说，"您这个类别的人大部分都拥有比较多的资产，当然有些是含着金汤匙出生的，这也是他们的指数这么高的原因之一——可以说，这就是他们的共同点。不过就算他们不是生来富有，他们所体验的幸福通常会使他们有某种过剩的能量——不知道这样说对不对——这通常会反映在经济收益上。不过您的状况……似乎相当不同……"

"是啊。"我说着，两手一摊，笑出声来。

耶奥里牢牢盯着我看。

"您确实明白我们现在谈论的是多少钱吧?"他说。

我慢慢地摇了摇头,从嘴里呼出一口气。

"不太明白……"我说完,又笑出了声。

看起来耶奥里一点都不觉得好笑。那个名字像银行的女人抽出其中一份文件,仔仔细细地看了起来。

"您欠了五百七十万零一百五十克朗,"耶奥里继续说,"光是利息就会吞噬掉你能赚到的每一分钱。您在哪里上班?"

我伸了个懒腰,想要摆出一种让人很有信心的表情,可是这情况实在是太过荒谬,让人无法真正接受。

"目前我在……约根音像出租店兼职。"

"约根?"耶奥里说,我和那个女人都点了点头。他用怀疑的眼神看着我,然后又转头看她。

"我们要尽快安排住宅清点。"他说。

但她没应声,而是全神贯注看着文件里的某个东西,翻过来,翻过去,在几张纸之间进行比对,还做了笔记。他没得到任何回应,于是又转向我。他放下笔,叹了口气,揉了揉眼睛。

"您怎么会没注意到您必须付钱呢?"他说,"您不是住在森林里面吧?"

"不是。"我低声笑着说。

"如果是住在孤立的棚屋里的人,就很难联络上,"他态度严肃,继续说道,"就是那些生活在沙漠中或深山里的人,他们与外界没有任何直接接触。当然,这在我们的专业领域不常发生,不过您也可以想象……"

我点了点头。

"总是要想办法收集到信息。"

"当然。"我说。

他用手捋了捋头发,眯起眼睛仔细看我,好像认为我是什么有趣的变种人。

"您有电视吗?"他问。

我点点头。

"那您怎么……"

他举起一只手,掰着手指数数。

"我们的宣传活动,所有的讨论……整个辩论过程。"

"我真的没那么常看电视。"我说。

"是吗?"他说。

"我是说,我也不是反对看电视,"我说,"反而相反。"

我想到我是多么容易分心,差不多任何节目都可以分散我的注意力,不管是什么内容,大概所有会动的画面都可以吸引我并让我着迷。最不起眼的小节目,最小众的兴趣,都可以抓住我的目光,把我带到另一个世界;越不寻常,我就越觉得有意思。

"不过，我想我应该澄清……"我继续说，"我是说，我真的认为，如果你好好比较一下……我想我应该指出……"

我很努力，却想不出一个好方法来结束这个句子。

"嗯，"耶奥里疲惫地看着我说，"您在质疑我们的计算方法吗？"

"这个，我只是想……呃，我不知道。"

他等待着，看我是不是还有什么要补充的。发现什么都没有后，他往后靠在椅背上，跷起二郎腿，用权威的语气说：

"我们的计算方法经过了很多很多年的开发和完善。这是一门极其复杂的科学，希望您可以理解；这可不是十八、十九世纪哲学家提出的那种幸福计算法，您要知道。"

他微微一笑。

"当然，这个可以在边沁①的早期理论里找到根源，或者，您要说彼得罗·韦里②也可以……"

他又笑了，这一点显然非常有趣。

"可是近年来，我们已经开发出一套工具，校准得更加精

---

① 指杰里米·边沁（1748—1832），英国法理学家、哲学家、经济学家和社会改革者。
② 彼得罗·韦里（1728—1797），意大利经济学家。

细。当然我们有大量的信息可以取用，这显然不是普通人可以奢求一探全貌的。不过这一程序在处理个体时极其细腻；而且，如果结合起来看，每个方面都可以计算得非常准确。例如，我们同时采用基数测量和次序测量两种方法。"

他举起手，把双手指尖合拢在一起。

"有了如此复杂的测量工具，我们才得以评估每个人的结果，因此，当初做出国际再分配的重大决议时……"

他伸出一只手。

"嗯，我们都准备好了，可以开始实施了。"

我点点头，好像听懂了的样子。好像我对那些人物和他们的理论有一丁点的了解似的。韦里？听起来像个足球运动员。耶奥里把他的文件收拢在一起，看了看时间。

"接下来几天您必须留在家里等候调查员。"他说完，准备站起来。

"等一下……"那个名字像银行的女人说着，把一份文件推给耶奥里。

"看一下这个，"她继续说，一边递出另一张纸，放在刚才那一份上面，"不一致。"

她和耶奥里再一次检查了这些数字，从一份文件看向另一份文件，比对着金额。她的指尖在纸页上无声地滑过。

"谁做的计算？"她问。

"嗯，是十三楼那边来的，所以一定是那些经济学家……"

耶奥里开始在计算表上搜寻签名，那女人则是半对着自己、半对着耶奥里说：

"看看这个，这里……"

她指着某一栏，然后把手移到另一张纸上。

"然后和这个比较……"

他们俩都埋首文件堆中，我也想看上一眼，可是又想到最好乖乖坐着，反正那些数字和图表我也看不懂多少。

耶奥里用一只手捋了捋稀疏的染过色的头发。那女人突然站起来，急匆匆地走到柜台那里，回来的时候带着计算器，嘴里一边道歉。

"我真是非常抱歉，"她说，"这里好像有一些错误。"

"没关系，"我说，"我不赶时间。"

耶奥里拿起计算器，敲了几个数字。

"这个完全不对……"他喃喃自语。他们四目相觑。

我感觉胸口的压力减轻了一些，肩膀也慢慢地开始放松。我一直多多少少感觉到情况不可能真的那么糟糕，数目显然大得过头了，不可能跟我扯得上关系。运气好的话，现在就可以统统解决了吧。

"看这里,"她低声说,"他们把这两个数字加到那里去了,所以才会……"

她抬头看我,又露出微笑。她的脸现在看起来比较紧张,让她的笑容显得有点僵硬,更像是在扮鬼脸。

"我们真的非常非常抱歉。"她说。

她把笔放下,开始敲计算器。

"有一个地方出了错……计算错了。您要支付的金额不是五百七十万克朗,而是……"

他们都瞪着计算器。

"一千零四十八万克朗。"

12

回到家以后,一切好像都变了调。整个屋都不一样了,突然每样东西都没有了颜色,好像我到现在才看出这些东西有多么廉价和简单。寒酸。我看见空的比萨盒子从纸袋里伸出来,等着被拿出去扔掉;水槽里的脏碗盘,被阳光晒得褪色的窗帘,凹陷的沙发。

我日复一日踏过的破旧的门槛。地板、桌面、窗框上的灰尘。褪色的旧衣服扔得到处都是。但是其中也有我最喜爱的东西:我的平板电脑,收藏架子上的影片和游戏,带亨氏西红柿酱标志的地毯。披头士的马克杯。我的阿西莫夫系列。埃舍尔[①]的海报,瀑布似乎在往上流动,我一直说这是好几年来我最喜欢的一幅画,现在看起来不过尔尔。老套,普通。那张带有可口可乐标志的老照片,老实说,多年来一直让人觉得它古

---

① 埃舍尔 (M.C.Escher, 1898—1972),荷兰著名画家。

老而可笑，不过那上面仍然承载了我许多的回忆。涂鸦本和笔。几支画笔。我那几把吉他。苏妮塔给我的印度神像。装满黑胶唱片和杂志的大书架。CD 收藏。几箱整齐排列的盒式磁带。这些一直以来都是我最珍贵的财产，现在全部像死掉了一样。没有生气。我怎么会留着这些东西？

冰箱门上贴着泰国餐馆的菜单，冷冻室那一层贴着比萨店的菜单，特制比萨饺和庞贝比萨被圈了起来，这两样是我的最爱，我总是没办法取舍，但是到最后点的一定是比萨饺。我每年都买的同款月历，我觉得最舒服的那款，从开放式橱柜内侧垂挂下来，上面完全空白。我感觉自己要哭出来了。

13

第二天轮到我值班。店里很安静,厨房水槽下橱柜上贴的胶带已经脱落,柜门又像以前一样半开半掩。我摆弄了一会儿,才又把它固定好,但是心知肚明它持续不了多久。我用那把烧焦的壶煮了咖啡,过去这几天发生的怪事在脑袋里嗡嗡打转。这一切实在很难理清个头绪来,天文数字的金额,W. R. D. 那些人奇怪的讲话方式。我不习惯这种事情,我就是忍不住去想我真的不喜欢任何改变,不过我又突然想到了网络,于是改变了想法,显然有些改变是好的,有些是坏的。可是我意识到好坏有时候难以分辨,例如炸药:它是好的还是坏的?我站在纪录片的架子旁,思考着自古以来好的改变和坏的改变。我想着有哪些事情一定要列入这些年来的重大变化清单,却发现我会倾向于旧不如新,例如工业化比发明轮子还要重要,或者电报比人类开始定居还重要。我在过去三个世纪里西方世界发生的变化中,列出我个人最喜欢的前三名,然后一回神,我站在那儿,手里拿着BBC关于妇女参政论者争取妇女选举权的纪录片。接着我看到了一部叫《女权天使》的电影，看起来不错。我一定要记得看。还有汤姆·贝克①的新电影《歌声绕梁》快要上映了，一定是关于法兰克·辛纳屈②的，还是关于艾拉·费兹杰拉③的？该不会讲的是那档叫作什么好声音的选秀节目？后来我想出一个新招式，鼓起脸颊吐气，就这样自娱自乐了好一会儿。

后来，我发现有人在柜台侧面贴过一张贴纸，现在残留着一些碎片，用大拇指和食指抠下来还挺好玩的。大约二十分钟后，就差不多全弄掉了。

我打电话叫了一份泰国菜。刚吃完午餐，一个红头发的女孩带着一大堆逾期的影片进来归还。她的心情很不好，说我们应该发一份通知提醒她，我说我们通常都是这么做的，但她摇摇头说没有收到。

"嗯，这种事情偶尔会发生，"我说，"可能是电脑出了问题……"

---

① 汤姆·贝克（1934— ），英国演员。
② 法兰克·辛纳屈（1915—1998），美国歌手、影视演员、主持人，人称"白人爵士歌王"。
③ 艾拉·费兹杰拉（1917—1996），美国歌手、演员，人称美国爵士乐"第一夫人"。

我们同意取消逾期归还的罚金,因为归还通知显然出了问题。她离开时看起来心情好一点了。

我在想她是不是也收到了 W. R. D. 寄来的巨额缴款单。我告诉自己,我们或许要让对方保持好心情,为彼此树立好榜样,最后,一切会不知不觉回到正常轨道的。不知为何,知道我们都在同一条船上,感觉有一点安心。她笑起来很漂亮,我觉得;雀斑也可以很有吸引力。

那天下午稍晚时候,我把一盒旧录像带塞进柜台后面那台内置 VHS 播放器的小电视,悠闲地看了《银翼杀手》的前半部分,然后就到了下班时间。我关店锁门的时候,想起来我一直打算再换一次手机桌面,却一直没换。哦,好吧,我心想,又一桩我还能做的事。

回家路上,我经过一块巨大的广告牌,大大的蓝色字体写着"有施有受"。我第一次注意到广告商的名字,他们的标志印在右边角落,看起来不太像文字,字体宽大、很有个性:三个只有细微差别的立方体分别代表一个字母,第一个是一顶非常坚固的王冠,另外两个像盒子,上面有点和线条。只有当你仔细观察,而且像我一样,过去的几天里花了很多时间待在这个名称缩写的公司里,你才能分辨出那三个字母是 W、R、D。

14

我回到家的时候刚好七点,才开始翻看一家 IT 公司的最新目录,口袋里的手机就响了起来。不知为何我以为是莫德打来的,接起来后,却听到另一头传来罗格上气不接下气的声音。

"嗨!你有没有收到?"

"什么?"我说。

"缴款单。你有没有收到?"

他听起来简直像在奔跑。应该不是,但这种边讲话边喘气的样子,加上他整体不佳的身体状况,让他听起来就像那么一回事。

"等等,"他的语气好像刚刚想起来有件事得做,"这里有人……你再打给我吧?"他挂断了。

罗格对钱向来斤斤计较,大概是担心贫穷或是不喜欢被剥削的感觉吧,要不就是纯粹源自基因。他有各种各样省钱的习惯,所有真正吝啬的人都会这么做,比如从来不给小费,自己带购物袋去商店，重复使用没盖到戳记的邮票和旧信封，下坡时关掉汽车引擎，等等。除此之外，他还养成了从不打电话，而是等着别人打给他的习惯，不管事情有多么紧急。如果他真的打了电话，一定会先开个头就迅速挂断，让对方不得不给他回电话。

电话响第一声他就接了。

"有。"我躺在沙发上说。

"太难以置信了，不是吗？"罗格气喘吁吁地说，"到底是怎么回事？好像要处理的破事还不够多，现在他们竟然还要更多的钱，太疯狂了，你不觉得吗？完全疯了。"

我把两条腿都搁在扶手上。我突然想到，几乎每次跟他讲话我都是躺着的，好像我有罗格专属的对话姿势一样。

"是啊，就是。"

线路那头传来撞击声，好像他的手机掉了或是撞到了什么东西。他从来不会一次只做一件事。他总忙着做一些别人不理解的事情。他就是有办法随时随地听起来都像在赶时间的样子，偏偏他没有工作，也没有任何事必须要做。

"……喂？"半晌之后他说。

"在的。"我说。

"我是说，完全见鬼了，不是吗？还以为这种事情只会发生在有钱人身上。现在我得去银行贷款什么的。得把船抵押出去什么的……你还在听吗？"

我说在听，罗格则继续跟手上在忙的不知道什么事做斗争。听起来他好像在外头吹风。背景里好像有人的声音？或许他去码头看他的主要资产了。起初我感觉有些安心，就连罗格都不得不做出某种牺牲呢，有个人可以分担我的烦恼，感觉不错，以他对金钱的态度，在收到这样的缴款单时，一定会完全失去理智。这一定像炸弹一样击中了他。

罗格有一艘非常漂亮的帆船，被他保养得很好。这是他的爱好。夏天的时候他会带我出海，以报答我出钱购买发动机的汽油；不过我还得负责食物、啤酒什么的。我们出海通常最后都会在某个水湾里漂浮，喝着啤酒，看着鸟儿。不过这艘船虽然很漂亮，它其实仍然是一艘挺小的船，顶多六七米吧，这样能贷到多少钱？

我把脚放下，坐起身。

"那你的是多少？"我问。

"什么？"他一边摆弄着什么东西一边喘着气，声音听起来闷闷的，有点遥远。我听得出来他把手机夹在了耳朵和肩膀之间。

"你要支付多少钱？"我说。

"他妈的很多。"他扯开了嗓子,好让自己的声音压过背景里传来的引擎声。

我站起来。

"多少?"

"二十二万克朗。"

15

太阳从城市上空落下,在屋顶上投下刺眼的反光。天气还很暖和,所以我让窗户大开着。底下街道传来孩子们踢足球或打曲棍球的吵闹声,有车经过的时候他们彼此会叫喊提醒。我怎么可能会被收取比罗格多这么多的费用?一定是哪里出了错,他们一定是漏掉了什么。说不定他们把我和瓦伦堡集团的某个富家子弟弄混了?或者哪个超级富豪。诚然,罗格是一个悲惨的失败者,没有收入,没有前途。当然,我也预计到了支付的金额要比他多,不然就太奇怪了;可是现在这状况?这真是太令人难以置信。

我快速回顾了一遍自己生活中遭遇过的困难和挫折,结论是我活得太不幸了,不值得支付一千零四十八万一点这个新的数目。

我躺到沙发上,想着我有多么想念我的爸妈。往常这种时候我绝对会打电话，说我遇到麻烦了。我会发发牢骚，他们会仔细聆听，电话摆在两个人中间，然后他们会安慰我，说事情总会解决的。然后真的就会解决。我感觉到一种强烈的渴望，渴望那种一把问题丢给他们，就会立刻涌起的温暖、蓬松的感觉。之后我就可以穿着睡衣，抱着一袋芝士泡芙，窝在电视机前面。还有我那些朋友，他们早就结婚生子，再也没有时间找我见面，从前的深厚友谊、无休止的社交和自发的相约外出，一连几周分享心得（有好长一段时间他们是我生活里唯一的重心），长时间的交谈、讨论，聊政治，聊感情，聊这个世界……这些很快就变成每六个月一次的顺道喝杯咖啡、简单喝杯啤酒。唯一剩下的是罗格，这个似乎从来活不出多少人生意义的家伙，从来给不了什么对抗的力量，给不了多么了不起的支持。随着时间的推移，他越来越紧张年华老去，紧张总是没有时间做任何事，紧张自己一事无成。但是他又好像从来没能弄清楚自己到底想怎么样，就只是在自我厌恶和对金钱越来越不健康的态度中越陷越深。

他还总是一副很委屈的样子，好像认定了自己最后会成为失败者，即使情况实际上看起来还好。日子一久，他会把自己的成功看成失败，就像什么佛教思想的前后颠倒的版本，任何意外的幸福总是伴随着几分不安，而这种不安最后就彻底占了上风。很久以前,有一次,他心爱的帆船从码头上的冬季固定座上掉了下来,船身一侧被撞出一个大洞。"该死的真是一场噩梦,"罗格说,"修理要花好几万克朗。"后来经过一番调查,原来是吊车司机在那年冬天早些时候撞到了固定座,所以码头管理处必须赔偿损失。结果管理处、吊车司机和保险公司之间爆发了冲突,每个人都认为其他人中的一个要负责。

那次我终于打了罗格硬是让我打的电话,他接起来的时候说:"每次都是这样,现在没有人愿意付钱,到最后一定会花掉我好几万克朗。"

整个冬天他一直唠叨着这件事要花掉他多少万克朗,最后保险公司同意负责,罗格会得到全额赔偿。在修补船身时,他们又发现有一大块甲板最好也换掉。非常专业的船舶公司把工作做得很仔细,而且在航行季节开始前老早就完工了。为了息事宁人,码头管理处还提出为他免除下一年的租金。所以总结下来,这件事反而让罗格占了便宜。可是他还是一直把它说成一场巨大的灾难,拿来证明只有坏事会发生自己身上。"你知道吗,"过了好几年,他还常常这样说,"这件事花掉了我好几万。"

长久以来,我第一次怀念有女友的日子。我发现自己在想念苏妮塔，心头揪了一下。我想起我们在瓦萨斯坦区她那套漂亮的公寓里共度的那些夜晚，那套公寓其实是她父亲的，不过因为他在墨西哥工作，其他家人又都住在印度，所以基本上就是她的。我们在一起的时候，几乎感觉它像我的公寓，虽然我心里一直知道，我们的关系终有走到尽头的一天。

我们是在她就读的大学的电影社团认识的。社员几乎都是外国学生，社团安排了每周一晚上放映瑞典的经典电影，英格玛·伯格曼、阿尔夫·斯约堡等，他们邀请我去当观影引导人。社团会提供酒，我会简短谈一下那一周的导演，解释反复出现的主题，播放剧照和短片，总的来说我是乐在其中。之后我和苏妮塔会站在那里看着彼此，每周一晚上都这样。最后我终于问她来自哪里，她不无自豪地用蹩脚得令人讶异的英语告诉我，她来自圣城瓦拉纳西，不过是在孟买长大。她那股自豪的感觉，加上非常迷人的羞赧，给我留下了难忘的印象。她看起来很有异国情调。也许在她眼里我也一样。我们一直都只用英语交谈，不过我想她懂一点瑞典语，虽然她假装不懂。她很喜欢电影，尤其是伯格曼的电影，我想办法弄到了有额外材料的特别版，我们在她家大客厅的电视机前面，坐在巨大的柔软的白色沙发上，待了一个又一个钟头。

苏妮塔的父亲是个外交官，最近刚从瑞典调到墨西哥，不知道为什么没有要苏妮塔和他一起去。或许他认为她应该先完成学业，也可能跟她有个长辈住在瑞典有关系，那位叔伯可以身兼监护人和监督人，虽然住得有点远。他们大概还认为苏妮塔待在这里更安全。他们没料到我会出现。

苏妮塔是父亲的掌上明珠，而且这份情感是相互的。我一次又一次地听她说她父亲有多么伟大，说印度人都只想要儿子，她父母却非常高兴生了个女儿；她还说印度人让女儿到国外旅行、读书是非常罕见的。苏妮塔总是说她爱父亲胜过一切事物，也胜过其他任何人；因为他是如此遥远的存在，我对此没有意见。

我和她的关系必须保密，无论如何都要保密。谁都不能知道任何一点消息，我们的家人不行，我们的朋友不行，我不允许向我的朋友或任何人提到这段关系的一个字。她有几年时间可以读读书、看看世界，但是二十五岁之前就得回家结婚，没得商量，他们家族在老家已经安排了几个女婿人选。我从来没有真正理解包办婚姻和种姓制度这整个传统的意义，除了这样一个事实，那就是做决定的是她父亲，以及她属于比大多数人更高的种姓，而且跟我的这段韵事必须当作绝无可能，就是那种不会发生的事，这远远超出了可能性的范围，是不可想象的。

最终他们全家人会在印度团聚，但是她暂时还可以在瑞典过着相当自由的生活,唯一的条件就是要用功读书,还有回到孟买时还是处女之身。

但她不是。

一开始她非常小心。我也是。我们经常聊天,大部分是聊电影,渐渐地也聊起彼此。她会点蜡烛和线香。她有一双黑色的杏核儿眼(是这么说的吧?),皮肤嫩得不可思议,长发,双颊异常饱满,身材却很苗条。她常常抱怨自己屁股太宽、鼻子太大,但其实她美若天仙。我很喜欢就那样看着她。我告诉她了,我想她也很高兴我让她知道。她总是打扮得很美,身上穿着的绿色、黄色、红色布料看起来非常昂贵。

我们尽可能防备,在公众场合从来不跟对方说话,而且极少让人看见我们在一起。我们从来不打电话给对方,但是想出了别人都不懂的特殊代码和暗号:转一下手镯,就代表有一封密封的信放在柜台,我经常去那里为电影社团取影片和包裹。一开始只是简单的信息,比如"晚上九点",意思是九点整我会穿过她那栋大楼另一头的门,穿过中庭,几分钟后进入她的公寓。不敲门,不按门铃。

进屋以后,我们会在大客厅里站一会儿,就看着风景。我们会谈论天气和学校,也许还聊一聊最近发生的事。有时候她会给我矿泉水或果汁之类的。就在我们谈论着别的话题或是看影片的时候，她会非常缓慢地开始脱掉她那层薄薄的衣服，几乎像是不经意的动作。电影结束后，我们会坐着不动，就那样等待着。呼吸，摄入对方的香气，望进对方的眼睛里，有时候一连好几分钟。我从来没想过会遇到她这样的女人。其实只要能接近她，我就很开心了，可是爱的禁令和我们对待彼此的小心翼翼（那种肢体上的互相试探），不免让房间里的空气充满了欲望。

过了几周之后我们才真正碰触对方，缓缓的、羽毛那般轻柔的抚摸；又过了更长的时间我们才接吻。虽然进展缓慢，但我们坚定地推移了许可的界线。偶尔，她的亲戚或监护人或其他什么人会突然出现，有一次我因为当下的那副模样，不得不躲到阳台上去；其他时候则是扮成辅导她功课的家庭教师。他们可能给了我一个头衔和名字，我不确定，他们会聊很久的天，我一个字都听不懂，不过从他们的举止来看，似乎是相信了她的说辞。她那个叔伯从没出现过，或许是派了人来替他探查她的情况吧。无论如何，每个人看起来都很高兴，他们眼中的她依然纯洁；公寓里会发生任何意外吗，他们中没有一个人似乎萌生过这种念头。这好荒谬，毕竟我们是二十几岁的年轻人啊。

时间久了，我们的信息越来越精炼，有时信里还会附带礼物：印着餐厅地址的餐巾纸或火柴盒。这意思不是她要和我在那里见面，而是我可以到那里去看看，接收那天晚上晚些时候可能发生什么事的信号。

有时候我会找到那个地方，在适当的距离独自坐下来，看着她和亲戚还是谁一起吃饭。如果她转动手镯的次数达到一定程度，就代表晚一点可以回她家，不过我得等到四下无人，才能从后门悄悄溜进去，进门来一场深夜约会。

随着我们对这样的安排越来越放心自在，她也变得越来越挑衅。有一次，有一个鼓起来的信封在柜台上等待着，里面有一张字条，上面写着时间和一家时髦餐厅的地址，还有一件她的衣服，她想让我知道，在那身鲜艳的纱笼下面她没有穿这一件，那天晚上她会这样和三位老太太、一位老先生共进晚餐，他们似乎随时都有可能睡着。我坐在与他们隔了五张桌子远的位置，除了一杯可乐，我不能点其他任何东西，真是万幸，因为这里的可乐竟然比我认为一杯软饮料可能的价格要贵上两倍。有一度，她朝我的方向看过来，然后盯着我的眼睛看了好久，突然间我开始担心会不会她转了手镯而我没有看见。我确信我注意到了某种动作，但是或许她只是在看表？我在那里坐了很久，嘴里含着冰块，就那样盯着她，希望能接收到一个更明显的信号。可是没有。为了确保万无一失，我还是去了她的公寓。我站在楼梯平台上，感觉听得见她在里面的动静，可是门一直没有打开。

当她看着我时，可以整张脸都绽放笑容，仿佛她可以看穿面具，看穿平凡、日常的我。有时候我们躺在床上，她会用手指描画我的五官，从发际线到额头和鼻子，到我的下巴，再到我的胸口。就像电影一样。

她从来不准许我留宿。等时间已经够晚了，我就得收拾好衣服，穿上，循着原路悄悄离开。

苏妮塔年满二十四岁并且完成了学位时，预期中的命令就从墨西哥传来了，她得回孟买结婚。她一秒钟都没有迟疑。她早已经习惯了服从家人的愿望，而且她对这种制度的忠诚不断地让我感到惊讶，至少在我的世界里，这个制度只能被认为是压迫性的。她完全忠于她父亲的意愿，如果我对这些安排有任何质疑，她就会生气。她对自己的出身和自己是什么人感到自豪，从来没有想过要改变一分一毫。这是任何关于性别平等的争论或短暂的色情冒险都无法改变的。

我们在一起的最后一个晚上，我们一直做爱并且哭个不停。第二天我们站在阿兰达机场，隔着三十米的安全距离。我俩之间是她的众多亲戚，和数百个路过的陌生人。

只匆匆一瞥，她就走了。

我花了好几年时间才开始能认真思考别的事。我将自己的悲伤灌注在所有的音乐中，把每一句悲伤的歌词与我对我们的回忆进行比较。我经常会在半夜醒来，想象她就躺在我身边，但每次我身边都空无一人。有时我会经过她坐过的餐厅，想象自己看见她，可是每次坐在那里的都是别人。

我慢慢地从沙发上坐起来，用手捋了捋头发，想着我到底有没有真正忘记过她。自从苏妮塔以后，我就没有谈过长时间的恋爱，每个女人我都拿来和她相比较，徒劳地寻找那种火花、那种激情……

我明白我再也感受不到那种情欲的冲动和强烈的柔情了。偶尔我会好奇她是不是还会想起我。她还记得我吗？她还记得我们的冒险和秘密约会吗？还是她已经把这些全都封锁了起来？她一定多少还会怀念我们拥有的过去吧，无论如何，会有一点点的吧。她和她的家人要向 W. R. D. 支付多少钱？

太阳已经下山，公寓里光线昏暗，可是我懒得开灯。我一会儿躺下，瞪着我那些不值钱的财产，一会儿坐起来挠头。黄昏已过，夜晚到来，我早该上床睡觉的，却只感觉自己越来越心烦。

16

"我不明白,"我说,莫德终于接了电话,听起来有点昏沉,几乎要打瞌睡,"我觉得这一点都不公平。"

我听见她在电话的另一头清了清嗓子。

"不是……嗯……我听说您的金额调整过了。"她说。

现在是三更半夜,说不定她是想在接电话的空当休息一下。说不定她其实已经睡着了?显然,连她有时也需要睡觉啊。不管怎样,此刻我并不在乎,我已经在沙发上躺了几个小时,为这不公平的计算而情绪激动。我觉得一定得发泄发泄我的挫折感。

"调整?"我说,"是翻了一倍!"

她在挪动什么东西,可能是羽绒被,或者毯子吧。

"是的,后来我看过您的档案,嗯,我不得不承认,这是一个令人印象深刻的结果。楼上那些人在计算您的数字时出了严重的错……"

"可是我的朋友罗格……"我打断她，但她立刻打断了我，像以前那样训练有素地讲起大道理。这一点她可能在睡梦中都能做到吧。

"建议您最好不要比较，"她说，"没有接受过训练、不了解这个系统的人，是很难看出其中的差异的。"

我才不管呢，我觉得我已经听够了。

"我认为这非常不公平，"我继续说，"我越想感觉越糟糕。我是说，我这辈子什么都还没有做过，一件都没有，没有旅行，没有学习，没有专心投入过什么事情……以前我和朋友一起混日子，聊一堆有的没的，流连于各个酒吧。现在我每天坐在这里看电影、玩游戏、听音乐，这几年来总是去同一家超市，买同一种早餐麦片，从同一家咖啡店买同一种咖啡外带。我还在同一个地方上班，基本上每天站在那里做同样的工作。然后我去同一家餐厅买外卖，甚至想吃冰淇淋的时候也去同一个小摊子。我通常买同一种口味的豪华牌冷冻比萨——'什么都多一点，风味提升40%'——然后用微波炉加热。如果我想要奢侈一点，我会买一根诺哥冰棍当作甜点，甚至两根。我从来不出门，不约朋友。这算什么狗屁生活！"

"您为什么不出门？"莫德说。

她听起来比较清醒一点了，可是声音还有点沙哑。反正比平常沙哑。有那么一会儿，我发现自己在好奇，她该不会穿着睡衣吧。她喜欢怎么睡？但是此刻我真的太气恼了，没办法去想象她那个样子。就这一次，我真的生气了，甚至伤心。我注意到这有效地抑制了任何调情的倾向。

"我不知道，"我说，"在我和你说话之前，我从来没想过。你说我生活得很轻松所以我必须付钱，可事实上，我过的日子根本糟糕透了。"

"但是您拥有的条件符合所有……"她又开始说。

"那些只会让情况更糟糕而已。"我说。

想到那些我本来可以做的事，我就感到自己差不多要哭出来了。苏妮塔——当初我是不是应该追过去？我是不是应该去印度，找到她家，把她带走？去哪里？回到瑞典？住在我的公寓，成为尤哥影像店一个兼职店员的伴侣？她会同意吗？泪水刺痛了我的眼睛，使我的声音变得更加尖锐，说出口的话可能比我想象的更有攻击性。

"这是最可悲的一点。我一直都有机会，可是我到底做了什么？什么都没做。没有。一件该死的事也没有。"

她可能吓到了，或者纯粹担心我会在电话上哭起来，总之现在她的口气温和多了。

"怎么会这样呢？"

"我怎么会知道?"我说,"就是这样了啊,时间一年一年过去,你没想那么多,一切都很好、很熟悉,我猜我是害怕受伤或什么的……我不知道……我总是避免冲突,而且只要能够不与人起口角,我就会很高兴。以前,我只要能避免一些事情时,总会很高兴,感觉就像某种胜利,你知道,好像我摆脱了一些事情,不必做我不想做的事情。比如在学校不用做家庭作业,或是在操场上不会被殴打。可是现在……天啊,我不知道,感觉好像我被愚弄了,好像我所逃避的一切其实……"

我能感觉到眼睛在刺痛。

"呃……其实就是生活本身。"

我再也忍不住了。我开始对着电话大吼,像动物一样咆哮。我才不管她怎么想,她要是觉得我很狼狈、没有魅力也没关系。可是说来奇怪,她好像一点也不难为情,相反,她用温和的语气说:

"所以您想要做什么呢?"

我躺在地板上,看着天花板,试图平静地呼吸。地板其实感觉很是凉爽。

"我不知道,"我说,"任何事情。我大概会想要去旅行,结识朋友,多几个女人,尝试不同的事情……你知道,也许做一些违法的……"

我闭上眼睛,把鼻涕吸回去。

"没什么特别的,其实。我想我应该对我拥有的事物更留心才对。我是说,我们之前谈到了阳光什么的……"

"您说您喜欢眼前的景色……"她说。

我注意到我提高了嗓门。

"没错,所以我到底为什么不出门?我为什么不抓住机会再多享受一下万事万物?"

"为什么呢?"

我抬头盯着天花板,上面有一些裂缝,看不出来从哪里开始的,似乎是同时在好几个地方裂开了。我发现自己在想那种真正古老的瓷器。过了一会儿,我低下头伸了伸脖子。

"我不知道,"我说,"我想我只是一个……他们怎么说的?习惯性的生物。"

"是的,我们注意到了。"

"什么?怎么会?"

"我是指,我们的检查员。"

我又前前后后伸展了一下脖子。感谢坚硬的地板,在我伸展的时候一动也不动。感觉真不赖,几乎就像按摩一样。

"检查员?"

"负责给我们提供信息的人。他们也注意到您是……怎么说才好……一个有规律习惯的人。"

"规律得要命,"我哼了一声说,"我以前没有想过,现在才知道这根本是个大悲剧。"

我把头靠在地板上。

"您现在说的是实话吗?"莫德问。

"是啊。"我说,清了清喉咙,好让声音重新得到控制。

"我是说,您不是为了减轻债务才说这些话?就像您说感觉很焦虑的那次?"

"不是。"

我躺在地板上思考。思考人生。思考所有的时光,那些一去不复返的瞬间。所有的邂逅、所有的人。毫无征兆地,我发现泪水再次涌上了眼眶,怎么也止不住。

"而且我想念我妈妈。"我用嘶哑的声音说。她安静了一会儿,就只是等待着,让我喘口气。

"您非常爱您的母亲。"她的语气更像是一种陈述,而不是一个问题。我没办法回答,只是对自己点点头,然后吸了吸鼻子。

我们都沉默了几分钟。我不记得上一次像这样对别人敞开心扉是什么时候。感觉还不错,就像是一个全新的我。她似乎也没什么意见,如果不想听的话,她大可挂断电话,可是她让我继续说下去。

"有一年夏天我们去内尔彻露营。"我说。

"我知道,"她说,"我看到了。"

"你看到?"我说,"对,你当然看到了。"

"让我看看,一九八四年,对吧?"她才说完,马上又纠正自己,"不对,是一九八五年。"

"可能是。"我一边说一边抹去脸颊上的泪水。保险起见,我又补上一句:"一直在下雨。"

"是的,我也看到了。"莫德喃喃地说。

"我和妈妈,当然还有爸爸、姐姐……我们租了一辆露营车。"

"不是活动房车吗?"莫德说,"前一年才是租的露营车,一辆卡比,532型。一九八五年,你们租的是……啊,对不起,您刚刚要说什……"

我去撕了一张厨房纸巾来擤鼻涕。

"对,没错,活动房车。"

我们安静了一会儿。我尽量小声地擤鼻涕。

"您喜欢当时下的雨吗?"她说。

"这个嘛,我不喜欢雨下个不停……"

"是的,这是当然,但是在那种情况下,它似乎与您的概述一致。"

"真的吗？是的，坐在那里感觉很不错。我们没做什么，就是……呃，怎么说呢？就是待着。"

我听到她又开始翻档案。

"嗯，是的，您那一个星期的分数非常高，健康、人际关系、专注力、空气中的含氧量……没错，实际上是全方位的。"

"我们玩了乌诺（Uno）。"我说，感觉自己又要哭出来了。

"什么？"

"乌诺，"我说，"我们那时候玩的。"

她半晌无语。

"哦，那是什么？"

"乌诺，这是一种游戏。你没听说过吗？"

"没，没有听过。类似大富翁吗？"

"有一点，可是更简单。"

"它有什么意义？"

我忍不住笑了。

"它有什么意义？"

她听起来突然很困惑。

"对啊。"她直率地说。

"我其实不记得了。我想是要把你手上的牌什么的都丢出去吧。哎，这不重要。你从来没玩过乌诺吗？"

"没有。"

"我们改天应该玩玩看。"我说。

她没有回答。

17

现在跟她讲话比较轻松了，感觉比较像在和朋友聊天，虽然她还是用那种古板的语气讲话。我意识到，在她听来，我一定是个非常敏感、依赖直觉行事的人。她这个人这么正确、这么具体。我突然依稀有种感觉，我跟她正好相反。不过这是什么意思呢？错误的？抽象的？

"您很擅长 Sporcle 在线猜谜，"她说，"您的分数非常高，尤其是在电影名和导演名方面。"

"完全正确！"我说，"我的分数排在上……嗯……中间的某个位置。"

她笑出了声。

"您不必掩盖任何事情，"她说，"无论如何，我们已经拿到了信息。"

"嗯，"我说，"好吧，我是蛮厉害的。"

我的手在地板上划过，指尖沾上了一缕浅色的灰尘。我实在应该把吸尘器拿出来。

"你的工作有趣吗?"稍作停顿之后我说。

"我不知道有不有趣,"她说,"成为这一重大变革的一部分令人兴奋,而且这份工作感觉很有帮助……我是说,这项任务很重要……"

"那个耶奥里。"我说。

"怎么了?"

"他……他是个什么样的人?"

她想了一会儿。

"我跟楼上的人不太熟,可是据我所知,他很聪明,非常了解程序,在W.R.D.的所有人里,他大概是最优秀的……"

"他的头发是染的吗?"

她又不说话了。

"嗯……"她开始说,"他的头发是染的吗?其实我也不知道。"

"我打赌是染的,"我说,"他让我想起电影里的一个角色。"

"哦?"她说。

"我只是想不起是哪一个。"

我把那张厨房纸巾揉成一团,又擦了擦脸颊。

"您一直都喜欢电影吗?"稍微停顿之后她说。

我对着电话哼了一声表示肯定。

"您在音像出租店工作多久了?"

我想她的档案里应该有这个,但还是深吸一口气,想了想。我清了清嗓子,试图让我的声音变得平缓。

"呃,"我说,"应该有九年了。"

她一开始什么也没说,仿佛她也在思考这样的生活是不是真的值一千万克朗。

"您最喜欢哪一部电影呢?"她终于开口。

"我最喜欢的电影?嗯,我不知道,太难选择了。我通常认为每一部电影都有它的优点……"

我可以听到她在电话另一头微笑。

"我想也是。"她说。

"我是说,要挑出一部实在很难。"

她念念有词,可能是同意,或是表示这句话她也猜到了。

"不过有一幕场景,"停顿了一下,我说,"在一部波斯尼亚电影《桥》中。"

"《桥》?"

"是的,这部电影不是非常有名,你大概没看过,可是……不知道……我常常想起那幕场景。"

"为什么呢?"

"那一幕……怎么说呢？很棒，那一幕场景很棒。对了，你最喜欢哪一部电影？"

她咳了几声。

"我吗？"她说，"哦，我不怎么看电影。"

我差一点就说出我想也是，但忍住了。

"可是你一定看过几部吧？"

"这个，"她说，"没什么特别有印象的。"

"那你都做些什么呢？"

"我？"

"对啊。"

"我都工作。"她马上接口说，并笑了起来。

我也跟着笑了。我感觉我们的对话开始变得很亲密，好像已经跨过了界线，好像我们可以聊真正重要的事情了，公开坦诚，不会尴尬。

"哎，我是认真的。"我说。

她没有马上回答。

"嗯，我确实是一天到晚都在工作，您也知道。"

我们都安静下来。

"那你最喜欢什么呢？"我终于问道，"电影？音乐？"

她又笑出了声。或者比较像在傻笑。

"艺术？或许是舞台剧？"我继续说。

"不是，不是舞台剧。"她说。

"不是？"

"不是，我也不知道……"

"看书？"

又是沉默。显然她不习惯这种角色互换，她一点也不习惯回答问题，她更愿意自己发问。

"那你做什么休闲娱乐呢？"我坚持问。

"这个，"她说，"我喜欢看报纸……"

又一阵沉默，我实在不知道该说什么。我让视线从天花板飘到磨旧了的沙发上。她发出窸窸窣窣的声音，然后又喝了一点茶或咖啡。我试着想象她在家里的样子。目前我们的沉默还是很自在的。

"你的数字是多少？"我说。

"不行，"她坚定地说，"我们不和……讨论我们个人数额。"

她没把话说完，我也不知道她原本要怎么称呼我这样的人。

"好吧，"我说，"但你还是可以告诉我的，不是吗？"

"我们有严格规定，禁止员工泄漏……"

"稍微改变一下规则如何？"

她一开始没有回答。

"我之前说过,最好不要比较,"她说,"这毫无帮助。"

"或许吧,"我说,"不过……"

她在用鼻子呼吸。我想象我可以看见她在微笑。

"嗯,还不少。"她说。

"多少?"

她笑了。

"听着,我真的不可以……"

我几乎可以看见她的上唇翘了起来。她大概暗自希望我会就这么算了,希望我会明白自己做得太过,不再谈论这个话题。可是我一句话都不说,她终于还是坦白了:

"七十万左右。"

我们都安静了一会儿,让这个数字悬浮在我们之间的空气中。

"可是,"最后我说,"那根本没多少!"

"我说过,"她说,"要直接比较是非常困难的……"

我坐起身。

"所以,你是什么状况会……"

她打断了我的话,音量提高了一些。

"抱歉,我太傻了,才会同意说出来。我真的不希望跟您讨论我的私人……"

"可是这不可能啊，"我继续说，"我有什么是你没……"

"我说过，您很难看到一切是如何结合在一起的……"

"为什么你没有得到一个更高的……"

她又大声地打断了我的话。

"我在'肯定'这一项得到了低分！好吗？"

"好的。"

"我的毒蕈碱型胆碱系统让我没办法在某些领域得到高分。"她说完就沉默不语，仿佛她认为这样的解释我应该照单全收。

"嗯，"我说，"能用你真正听得懂的语言说说看吗？"

"我在个人方面的得分非常低，在'奖赏'这一方面的持续性比较低。"

我想了想这些字眼。

"那是什么意思？"

"意思是我不擅长……哦，我不知道……"

然后，她好像突然失去了耐心。

"您要我说什么呢？"她说，"我要怎么跟您解释才好？没有更简单的说法！我就是不擅长……"

"自我奖赏？"我说。

她很久没有说话。

"你需要学会体验。"我说。

她笑了。

"像您一样?"她说。

"像我一样。"我说。

"嗯,看看您现在的下场……"

18

我们讲电话时,窗户是开着的,外面的夜晚安静而温暖,只有远方传来一群人的声音。说来很有趣,你总是认得出那种声音,不管离得有多远;一些年轻人,也许想在月光下游泳,也许整晚不睡,弄一些葡萄酒或啤酒来,在某个公园里,当黎明的第一缕阳光开始出现时,一起睡着了。

我问她唱不唱歌,一开始她听起来有些恼怒,好像觉得我在取笑她,可是我说她的嗓音适合爵士乐,如果能听到她唱歌一定很令人激动,她就笑了,说她会考虑看看,还说她不太懂爵士乐,而且这天晚上绝对不可能发生。我不知道我们聊了多久,反正我的脸颊开始发烫,只好把电话换到另一边耳朵上。换了一边再听她的声音感觉很奇怪。

"我想你应该去睡觉了。"我说。

她笑出了声。

"哦,我试过了,可是有人打电话来把我吵醒了。"

"那你为什么总是接电话呢?"

她什么都没说。

"你不必接听的。"我说。

她还是一语不发,但我可以听到她轻柔的呼吸声。也许她正躺着。感觉是这样。我想象着我可以看见她在我面前,侧躺着,和我差不多,电话贴着脸颊,闭着眼睛。

"你应付得很好,"我说,"那天我就在想,你真的把我的报告写得很好。我很满意你的处理方式,我要到了想要的答案,而且感觉得到了关心。"

我听到她深吸了一口气。

"是的,"她低声说,"可是您这么容易就满足……"

我把电话紧贴着耳朵。

"我想你现在应该把电话挂断了。"我说。

沉默。

"我是说如果你不想讲了……"

又是长长的沉默。我把电话换到另一只手上,然后小心翼翼地从发烫的额头上拂去一些头发。

"可是如果你想和我谈谈,"我说,"我们也可以谈谈。我想那应该会很愉快,我真的很喜欢跟你聊天。不过如果你不想,也没关系。我只是想我的案子已经处理完毕了——专业术语是这个吗——你只要挂了电话上床睡觉就行。如果你这样做，我也不会觉得你有什么不好。"

她一声不响，但也没挂断。

我躺在沙发上，把电话放回平常的那只耳朵上。

"《桥》那部电影，"我开始说，"在接近尾声的时候，非常感人。他们在一家咖啡馆里见面。嗯……"

我不确定应不应该描述那个场景，可是现在我们只是坐着，听着彼此的沉默，于是空气中有某个东西让我继续说了下去。

"他们曾经是恋人……可是已经有好几年没有见面了，整个战争期间都没有见过。突然，有一天……女的在一家咖啡馆里，男的刚好经过。那时有某件事在进行，他们两个都要上法庭……他们不能让别人知道他们彼此认识。气氛很紧张，两个人都不敢说话。他们就要上法庭了，是同一件官司的不同立场。她跟她的家人在一起，他们是被告……他要去指证她的哥哥还是叔叔什么的。他从外面的广场上看到她的身影，然后，正如我刚才所说的，他们已经有很久没有见面了……其实我也不太确定，电影的其他情节我记得不是很清楚，反正有一段时间，很长一段时间，几年吧。突然他们就在那里，他站着，她坐着。对，没错，她坐在咖啡馆里的桌子旁。突然，他们看到了对方。他们四目相对，两个人都没有说话，事实上两个人都没做什么，没什么大的反应，而且相反：几乎没有任何反应。可是这里面仍然有着很深的意味，这就是电影场景真正杰出的典范，如果你抽掉来龙去脉，你会什么都看不懂，只会看到两个人在那里盯着对方；其实甚至连这个都看不到，因为他们真的没做什么，他们看着彼此，认出了对方。我想他有一次看了看手表，他发现距离开庭还有很多时间，决定到同一张桌子旁的空位上坐下。然后，嗯，如果女演员的演技比较糟糕，就会把这场戏搞砸的，她会反应过度，想要表现出从前的迷恋，还有焦虑、苦闷，或是激动、悲伤什么的。可是她没有。她一动也没动，但我们仍然完全明白她的感受，而且我们正是因为这样才明白。他们在那里坐了很久，在同一张桌子的两边，比邻而坐，但都看着别的地方，看着街上的行人。女人每隔一段时间就端起咖啡杯还是茶杯，男人手臂靠在桌面上，手里拿着一包烟，不时转一下，把它立起来，又把它推倒。后来有个服务生过来点餐，然后一个老男人走过来和她说话，大概是某个亲戚吧，我们听不到他们在说什么，因为这幕场景从头到尾都有配乐，不过他大概是在告诉她该去法庭了。这里也是，一个比较没有天赋的演员可能会因为表现出太多的焦虑或不安什么的，就把戏搞砸的，可是他只是坐在那里。

"老人离开后，他们继续坐着不动，脸也不朝向对方。他把手臂搁在桌子上,手里拿着那包烟。她仍然端着咖啡杯。突然他松开烟盒,把手向她挪动了一两厘米。两个人都没说话,两个人似乎都为街景所陶醉。慢慢地,她的手向他移去,有那么一瞬间,他们的手背碰到了一起,她的一根手指微微颤抖,他吸了一口气,她的小指头轻轻碰了碰他的小指头。就这样。这一幕拍得真好,太性感了。我的意思是,该死的,光是描述这一幕,我都能感觉到自己在颤抖。"

莫德在电话另一头笑了一声。

"听起来很棒。"她说。

"对啊,真的很棒!"我说,"精彩得不得了!"

她又笑了。

我们一直聊到早晨。太阳从屋顶上缓缓升起,阳光渐渐照进公寓。鸟儿在叽叽喳喳,莫德也说了更多工作上的事情。她透露,她希望能在第二阶段的分配委员会中得到一个职位,那时所有的钱都会被分配出去。原来她一直都以此为目标,这是她前进的动力。结果我就听着她滔滔不绝,描述再分配程序是如何运作的,而我则是想办法问出有趣的后续问题。

我们以"我"为主题玩了猜谜游戏,虽然我怀疑莫德偶尔会作弊偷看档案,还是不得不承认她厉害得不得了。尽管她声称自己躺在床上，手边没有任何工作资料。

"已经有一阵子了，"她笑着说，"我现在真的躺在床上。"

"那好！"我说。

我们聊了一会儿罗格，莫德想知道他是不是真的是个特别好的朋友，我不得不解释他确实有好的一面，虽然很难第一眼就看出来。

在上午的某个时候，我问她，能不能给我她的手机号码，这样我打给她的电话就不用转接了。可是她说这样是违反规定的，他们不能把私人号码给出去。

"这一点他们很严格。"她说。

最后，早起的人们开始走出家门，来到街道上，我可以听见他们快速的脚步声。道路清扫机在兜来转去，公寓里变得越来越暖和，而我们继续天南地北地聊天。我们争论，大笑，彼此意见不一致，陷入沉默，倾听，等待着对方说话。我以为只有青少年才会这样做。我感觉脑袋越来越迷糊，谈话变得越来越支离破碎。我从一种情绪转向另一种情绪，一会儿哭，一会儿笑。我躺在那里，安静地听着，有时冷静地开口争辩，发表隐约带有哲学意味的长篇大论，偶尔思路受阻，突然住嘴，一句话就断在一半。莫德则变得越来越容易傻笑了，我喜欢听到她这样。我开始担心她没有睡觉要怎么应付一天的工作，但我决定不提起这个话题，以免她因此而挂掉电话，因为我不想这样。现在还不想，我们似乎刚刚越过某种界限，感觉一切似乎都有可能。再说，她是个成年人了。不管怎样，我知道什么呢？也许她的工作时间是弹性的，而且她给人的印象是完全可以把自己照顾得好好的，比别人好多了，比如我。

可能有十亿分之一秒的时间我躺在地板上睡着了，说不定莫德也是。我觉得很累，不过是好的那种累；昏昏欲睡，几乎像喝醉了一样。每隔一段时间，我会努力让自己振作起来。到最后莫德终于开始暗示是时候挂电话了，我想起应该总结一下我一开始想说的话。

"好吧，那么，呃……"我打了个大大的哈欠，"那么，现在怎么办呢……你觉得是不是可行……我是说，有没有可能更改我的，呃，幸福体验分数？"

我好不容易才把这句话说完，莫德却只是冲我傻笑。

"嗯……您是说改分数？"

"对啊。"

"根据您今天晚上告诉我的这些？"

"对啊。"

"嗯……不行，我很抱歉。"

我们沉默半晌，最后我也忍不住笑了，这一切实在太过分了。我翻了个身侧躺，结果手机被压在我的脸颊和地板之间。

"哦，真是见鬼了！"我叹了口气，"我不知道。我想我的生活并没有那么该死的可怕。"

"是吗？"

现在她听起来觉得好玩又感到惊讶的样子。

"嗯，"我说，"我是说，这其实完全取决于你有着什么样的期待，不是吗？"

"我觉得这听起来很不错。"她说。

我又叹了口气。

"是啊，可是一千万克朗？拜托，我还以为这么多钱的话获得的至少要更多吧……"

我爬起来跪在地板上，透过窗户往外看，看见邻居家阳台上的盆栽。几乎认不出样子了，叶片都垂到花盆外，有什么褐色的东西从中间突出来。我去厨房装了一杯水，快速地朝它泼了几下，可惜大部分的水都没泼中。我不确定这样做有没有帮助，还是会让那株可怜的植物的情况变得更糟糕。我躺回地板上，做了几次深呼吸后，突然感到一波新的泪水在我体内涌了出来。

"而且我停止不了对苏妮塔的思念，"我说，"这实在是太可悲了。"

"苏妮塔？"莫德说。

"对啊，那已经是很久以前的事了，但我发现自己一直在想它，想起来心仍然很痛……"

我下意识地把手放在心脏上面，好像她看得见我一样，好像这多少可以强调我所感受到的痛苦。

"苏妮塔？"

"对啊。"

"谁是苏妮塔？"莫德换了一种完全不同的语气。

"苏妮塔，她是我这辈子最爱的人。我们本来……"

莫德打断了我。

"等一下，我们没有任何关于……"

"什么？"我说。

我翻过去趴在地上，用手肘撑住身体。在电话另一头，我可以听见她下了床，敲打着电脑。

"我没有任何关于苏妮塔的资料。"她说。

我爬起来跪在地上，揉了揉眼睛，想让自己清醒点。

"你在开玩笑吧？"我说，"你是说你们竟然漏掉了苏妮塔？"

我站了起来，感觉身体很迟钝，走的每一步都像在踉跄，像超快速播放的电影镜头。但我不禁感到有一丝希望，他们真的漏掉了苏妮塔吗？难道他们真的完全没把我这辈子最大的悲哀算进去？说不定还有其他错误。

"她让我心碎，天啊，"我尽量语带责备，"这件事影响了我的整个生活，我没有一天不……我是说……你们真的没把这个算进去吗？"

我可以听见莫德的呼吸加快了，点击着各种文件。

"呃……就我看到的，没有。"

"见鬼……"我说，"难怪账单会这么贵。"

"这是什么时候的事？"她问。

我在想她是不是在笔记本电脑上打字。她是在床上登录系统的吗？还是在用老式的纸和笔记录下来？

"一九九八年，"我说，"一直到二〇〇〇年，一月五日下午三点二十五分。我们是一九九七年认识的，但直到第二年才开始交往。好，等一下，这种事一定要列入计算对吧？就算是追溯性的，也要吧？"

我听见她在另一头移动的声音。

"您确定不是把这和您看过的哪部电影搞混了吗？"

"你在开什么玩笑？"我说，"这是我这辈子最大的悲剧。"

她又在敲她的电脑。

"这个一定要算进去的啊!"我说。

我现在在家里来回踱步。

"这可会……该死的!"我说。

她在用力地呼吸,我听得出来这次事情严重了。

"是的,我想您最好再过来一趟。"她说。

19

第二次造访 W. R. D. 时，一个男人下楼，在巨大的入口大厅里迎接我。每个人好像都对苏妮塔这个错误感到非常不安，他们向我保证一定会进行彻底的内部调查，还让我相信这种情况非常罕见，一定是因为她外国人的身份，再加上这段关系没有在任何地方登记过，家人和朋友又都被蒙在鼓里；他们跟南亚办事处的联络过程也不是完全没有摩擦，那里的系统可能需要重新考虑。长期以来，这一领域一直存在问题。

从十二楼接待柜台旁边的电梯出来，接待我的是一个穿着外套和紧身裙的女人，她年龄不小了，但给人的印象还是相当女孩子气。她面带微笑，说话的时候歪着头，脖子上系了一条小领巾，有点像空中乘务员。她谢谢我愿意配合，承诺会对占用了我的上班时间给予补偿。我没有说其实我只是跟托马斯换了班，托马斯希望去托雷莫利诺斯[①]度假之前能多加点班就多

[①] 西班牙南部著名的度假胜地。

加点班。一点问题也没有,他说明天我再请一天假也没问题。

系领巾的女人递给我一沓拿着很不顺手的表格,让我在会议开始之前填完。她领着我穿过开放式办公室,走到大楼的另一头,走进另一间也有玻璃墙的小房间。墙角有一棵盆栽,看起来像是塑料做的。她帮我拉了一把椅子,问我填表的时候要不要喝点东西。

"我不知道,"我说,"来点水吧?"

"普通水还是气泡水?"

"呃……气泡水。"

我坐在椅子上,开始填表格。

问题集中在一九九七年到二〇〇二年期间,我绞尽脑汁,这次尽可能地据实作答,没有夸大其词。

过了一会儿,那个女人回来了,带来了一瓶矿泉水,还有一个杯子和一个杯垫。她把东西放在桌上,离我那些文件不远。

"我去找开瓶器。"

我向她表示感谢,继续尽力答题。

太阳出来后,小房间里变得热乎乎的,我不得不把外套和套头衫都脱掉,只穿着T恤坐在那里。我闻了好几次,检查自己有没有汗臭味。这里比上次那间会议室安静多了——大概是以牺牲通风换来的。偶尔我会环顾四周，看能不能捕捉到莫德的身影，后来又想起他们说过她在三楼办公。反正我也不知道她长什么样子（虽然我猜自己一看到她就能认出她来）。

系领巾的女人拿着开瓶器过来后，就一直没走远。我每填完一张表格，她就会进来拿走，其他时候就待在房间外头。有一次，耶奥里出现了，和她说了几句话；他们两个人都朝我的方向看了看，我轻轻点了点头，不过他似乎并没有回应我。

在通风不良的房间里待了大约一小时以后，我开始觉得累了。问题内容五花八门：请描述一个事件。先发生了什么？接下来您做了什么？选项一、二、三，等等。我必须在各种标尺上做标记；我必须在适当的地方填上圆圈和半圆，或打钩；这些问题越来越深入细节，也越来越接近次要事件。到最后我开始头晕目眩，再也无法确定自己所描述的是事实还是幻觉。这其中有多少是真正发生过的，又有多少是我事后构建的？

我努力回想起曾经遇到的挫折，越多越好。我也没有忘记给所有令人痛苦和煎熬的事情一律打上高分。

其中大部分跟我和苏妮塔的恋情有关，但我还是绞尽脑汁挤出了几次我和罗格追女孩失败的经历。

罗格经常提起许多年前"那个灾难性的夜晚"。那天晚上，我们遇到了琳达和妮科尔，对他来说，这是他人生多苦多难的又一个证明，我自己则不确定该不该把它完全看成坏事。那时我们坐在酒吧里，看到隔着几张桌子远的地方有两个美女。我们两个都在关注那个高个的金发女郎，她有着漂亮的笑容，她的名字叫琳达。后来在讨论谁该去追求谁的策略时，罗格坚持要追求那个金发女郎，就是我们两个都偏爱的那个，因为，用他的话来说，他这辈子总该享一次福。他认为我应该准备好支持他，而且要把目标放在那个戴帽子的黑发女人身上，甚至替他美言几句，这样黑发女人晚点可以说给朋友听。

我说这样做会有点困难，我们又不知道她们的想法，说不定她们愿意说上几句话我们就算走运了。罗格说我只是在找借口，最后我答应尽力替他和那个高个金发女郎牵线看看。

几杯啤酒下肚，我们鼓足勇气走过去。运气很好，她们让我们坐下。我遵守了约定，主要和妮科尔说话。妮科尔在漫画界工作，和她聊天很有意思。罗格和琳达也聊着自己的话题。总之，这个夜晚过得非常愉快，一两天后我们就开始和各自的女孩约会。

我越来越喜欢妮科尔，她教我画画和与漫画有关的一切。她非常热衷于保护环境和维护动物权益。她也是个素食主义者。你吃吃看黄豆做的素肉，绝对不会相信那不是鸡肉。不过她的注意力偶尔会分散，有时候一袋甜食都吃了一半，才意识到里面含有明胶。她会查看成分表，然后跑到厕所里去吐。我享受待在她家里的那些午后和夜晚，在她画漫画的时候，懒懒地躺在她的沙发上和她讲话。有时候她会回应，有时候不；有时候她会慷慨陈词，大谈社会、瑞典人和一般人类。她的漫画并不是那么赏心悦目，甚至不是那么容易理解；这些画不是很写实，却是用热情和关怀绘制出来的，我很喜欢。后来我们在一起了，交往了至少一个月。

罗格和琳达也开始交往，可是我很快就开始听到她的缺点。她说的话太多，笑得太大声，太注意外表，对他的背景太感兴趣了。她会"审问"他（这是他的用词），想知道他对各种事情的看法。她还常常想出去约会，晚上做一些好玩的事情，结果几乎都没那么好玩，却还是得花费一大笔钱。在我的建议下，罗格告诉她，他不喜欢做那些很花钱的事，不如留在家里做点别的；于是她提议他们可以尝试更冒险的性爱，然后他就把她甩了。

他跑来找我和妮科尔，说自己有多么悲惨，一直说个不停。他坐在沙发上，宣称全世界都在和他作对。

"我就是一定会碰到疯子就对了！"他说，"又来了，好运都给你占尽了，每次都这样。"他一边对我说，一边气呼呼地瞪着坐在画桌前的妮科尔。

他还详细地解释了自己遇到的困难,说他没办法告诉琳达自己不喜欢喷雾罐的鲜奶油或眼罩,也没办法(总算告诉她以后)找到一个体面的方式来结束它。后来他说,至少我没有遇到这些问题——因为几天后妮科尔就把我甩了。

描述了一些事件以后(还得在人体结构图上标出感觉到的情绪的来源),我必须填写一大沓预先印好了问题的表格,必须对不同类型的经历进行排序。这次也是一样,他们从一般的问题开始,再逐渐变得更加具体。

我可能稍微夸大了一些,比起在其他情况下会做的回答,这次可能更消极一些。

例如,在"社交能力/成年教育"这一栏,我勾选了和疏离、霸凌、群体动力不足相关的选项。

在"社交能力/约会/早年关系/性经验"这一栏,我借此机会尽可能地强调不安全感和表现焦虑。他们应该自己可以融会贯通吧,包括最琐碎的细节,不过我也不能完全放心,毕竟他们完全遗漏了苏妮塔。此外,我推断,如果在保险套和门牙碰撞方面增加一点额外的混乱,应该也无伤大雅吧。

在"职业生涯/上一份工作"这一栏,我勾选了很多与工作时间不规律、环境不佳、无偿加班相关的选项。

那一沓表格大约完成一半时,我走到门口,问能不能再给我一瓶水,但那个系领巾的女人只是摇摇头,仿佛有人叫她守在玻璃箱子外面,不得擅离岗位。我艰难地回答完剩下的问题,把填好的表格交了出去,这时已经过了午餐时间。

"我可以走了吗?"我问。

"不行,"她说话的时候似乎很亢奋,"您得跟我来。"

她领着我走到接待柜台,把我的表格留在那里。我坐在上次那一张扶手椅上,那个系领巾的女人则走到电梯旁边站着。过了一会儿,耶奥里从磨砂玻璃门后面出来,走到柜台那里拿了我那沓文件,然后又消失在神秘房间里,把我和那个女人留在了接待区。

她一定在电梯旁边站了两个小时,而这期间我一直试图在狭窄的扶手椅上找到一个舒服的坐姿。我尽量伸展四肢,但很明显,这张椅子不是为了久坐而设计的。在做完一大堆问卷后,我感到疲累,满身是汗,有点头晕目眩。电梯旁边的墙上贴着海报,我前面的桌子上也摆满各种宣传单,就是那个我显然错过了的宣传活动。"付钱的时候到了——您检查过您的幸福指数吗?""有施有得?""是时候把事情搞清楚了!"这些蓝色斜体大字印在男女老幼的彩色照片上,有几种不同的语言。看着看着,我突然意识到,我可能在家里的某个地方看到过这些传单,但我把它们扔进了回收站,完全没想过它们可能跟我有关。这些传单看起来和那些我通常不放在心上的广告惊人地相似,搞得我狼狈起来。我拿起一本小册子,快速浏览了一遍,里面有简短的背景介绍和这项重大国际协议的来龙去脉,还引用了政治人物和社会各个领域的专家简短有力的发言。

册子还描述了下一个阶段,也就是再分配阶段,让那些得分为负的人得到补偿,并说明如何实施。最后册子列出了详细的联系方式,提供给想要申诉或认为自己遭遇了不公的人。

我坐在那里浏览,期间偶尔会有人走到接待柜台。有些人的问题跟我的类似,有些人想要更详细的还款方案,有些人怒气冲冲。有些人来这里申诉,也有人疯狂地打着手势、脏话连篇。不知道我的金额是高于还是低于平均值。

有几次我差点睡着了,还有一次我被一个声音吵醒,这声音耳熟得有些奇怪,过了一会儿我才想起,是在我家电梯里遇过的那个戴项链的女生,就是几天前我无意中听到的那个电话,她站在柜台那里讲话。她在与接待员说话的时候,看起来真的很在行。她拿出几份文件和一份贷款协议,解释了自己拟定的还款计划。我忍不住对她积极的态度感到有些佩服。我对这样的人在社会上的优势感到震惊,她大概已经开始在为退休生活存钱了，用电前会货比三家，还替小孩——无论是否出生——注册了最好的学校，而现在她来这里争取尽可能低的利率。有那么一瞬间，我有点羡慕，我应该更像她才好，像那种能照顾好自己、把事情处理好的人，如果那样的话，我可能永远都不会落入此刻的处境。现在，我竟然不得不把一切都押在苏妮塔身上。

最后，那个名字像银行的女人出现了。

"你好！我们见过面的，没错。"她说，我想到再请教她的名字不会是个好主意，所以这次我还是不知道她叫什么。她穿着浅紫色的套装裙，跟上次一样剪裁严谨，但现在领子上别着一朵大大的紫罗兰色的人造花。她把一个文件夹抱在胸前，把我带进了大会议室，请我坐下。系领巾的女人留在外头。

没多久，耶奥里进来了，还带来了另一个人。这个人眉毛浓密，下巴有个小酒窝，年纪也大一些。他们三个人站在桌子的另一头，名字像银行的女人向新来的人简要介绍了我的情况，耶奥里偶尔会插嘴说明一下，有时候三个人几乎是同时开口。这次我听得懂某些术语了。

"最高的幸福体验分数……"

"高数值的喜悦、和谐、悲伤与痛苦、忧郁……"

"敏感度呢？"

"就我们目前的判断而言，最高。不过没有持久的心理创伤……而且，嗯，你知道什么意思。这会导致要收取的体验方面的费用激增……"

女人拿起一张图表，另外两个人非常仔细地研究。

"见鬼了，这是最高的商数。"浓眉男说。

"肯定是，我这里看到的每一项都是五分……"

他们弯腰看另一份文件。

"缺点的曲线呢？"

"不明显。"她说。

"举个例子，他只是宣称自己的生活受到了侮辱，"耶奥里说，"受到的挫折将有助于性格的塑造。一切都按照进程框架来进行。没有偏离开发模式。他几乎就是'活在当下'模板的一个教科书式的例子。"

"唯一遭受的恶性影响恰好发生在适当的时间，造成的问题最少，症状最轻微，对他的免疫系统却有最好的效果。你们看看这张图……"

他们压低声音，我只能听见只言片语，因为他们不想让别人听见。有时他们会用手捂住嘴。

"……愉悦几乎达到了荒谬的程度……能够充分触及自身的

感受。根据我们的联络人所说,有时案主能忘记日常生活中基本的简化行为,在日后骤然想起时,会使他的幸福体验分数增加两倍。"

"但是现在……"名字像银行的女人拿起另一个文件夹说,"现在出现了一段迄今未曾揭露的恋情,对象是一个叫苏妮塔的女人。"

"这里,"耶奥里用笔指着新的文件夹,"苏妮塔事件之后的评估结果,生活一直充满希望。"他往前翻了几页,又指了指,"这里也是……乐观积极。"

其他人点点头。

"不好意思。"我说。

他们三个人都目瞪口呆地看着我,仿佛已经忘了我坐在那里,或者不知道原来我会说话。

"我以为我会见到莫德。"我继续说。

浓眉男一脸疑惑地看着名字像银行的女人。

"莫德?"他说,"莫德是谁?"

"莫德·安德森,"她回答,"看起来她是在三楼工作。他表示过……"

她翻到另一页。

"这里,他认为'她的工作做得非常好'。"

那对眉毛突然牢牢地对着我。

"了解了。"他说，对我摇摇头。"没有，"他说，"没有，只有我们三个。"

他把一只手放在嘴边，另一只手翻阅着文件。

"智力？"他对女人低声说。

"完好未损。"她回答。

"这里也是，"耶奥里说，仍然低头看着文件，"你们看，和之前一样……"

我坐在那里看着这三个人，注意力被那个新来的人的身材吸引住了。他的身材比例看起来不对劲，一开始我搞不清楚是哪里出了问题，后来才意识到，他的腿太短了，也就是说他的腰线非常低，结果差不多就是这样。他多少算是正常身高，可是现在想想，他几乎整个身体都是躯干。他们三个站在一起时，你会觉得有点奇怪。

名字像银行的女人拿出另一张图表，耶奥里突然从另一边插话。

"按照目前的情况，我们不可能允许继续进入……"他说。

"对，"躯干男轻声说，"他已经超过债务上限，我们必须对他处以六条三款。"

其他人的反应很激烈。

"六条三款？！"

其中一个人拿出了另一份文件。随着文件摊开来，大家也往桌子那头挪了几步。他们讲着话，一边慢慢坐了下来。

"他也不能要求任何扣除额，"女人说，"他实在没有任何根据可以套用在任何——……"她沉默下来，半晌无语，就像是思绪突然短路了。

仿佛接到了一个指令，三个人不约而同地停下动作，看向我，满脸惊骇。

我顿时意识到我很特别。耶奥里打破了沉默。

"可是，"他慢慢地开始说，"据我了解，他的还款能力几乎为零？"

那个女人和耶奥里轮流在计算器上敲着新的数字。

浓眉短腿男还在盯着我看，他非常缓慢地靠过来，把手伸过桌面，仿佛现在才想到应该跟我握手。我抓住他的手，他用力一握，同时继续和另外两个人交谈。

"我们做过住宅清点了吗？"他说着，眼神仍然没有从我身上移开，仿佛握手这件事发生在一个平行世界里。

耶奥里和女人都摇摇头，浓眉男低声嘟哝，表示不赞成。

"尽快进行。"

他向后靠了靠，又坐在了椅子上。

"那个……"他一边说,一边翻看文件,直到找到我的名字。然后,他显然意识到现在谈私人问题已经太晚了,索性不叫名字了。他只是点点头,仿佛知道我的姓名就满足了。

"您的债务刚刚提高到一亿四千九百五十万克朗了。"

20

第二天，调查员早早就来了，我打开门让他们进来时刚过七点半。他们个子高大，沉默寡言，一丝不苟，工作效率很高，彼此几乎不交谈。他们清点我的物品，动作迅速而有条理，颇像海关官员的样子。一个穿着相同制服的女人翻看了我的衣服，并登记了浴室里的东西。我尽力帮他们的忙，不过没多久我就明白，还是让他们自己来比较好。

每清点一样物品他们就在便签本上做一个小记号。他们拉开我的厨房抽屉，打开我的橱柜，检查我的图片和照片。有些东西他们是批量处理的，比如其中一个男人清点我的黑胶收藏时，就只拿了一两张出来看，甚至不是最珍贵的那两张。譬如我那张吉米·史密斯的《温柔如夏日微风》，没有一个人发现上面没有刮痕，而且是原版压制的，检查唱片的人只是摇摇头，做了个笔记。

一个小时后他们收工，其中一个递给我一张"紧急联络人名单"，说我必须填写一下。他们向我道谢后就离开了。

我坐在地板上看着我的东西，现在那些人都走了，感觉更不值钱了。

公寓里热得令人窒息，是那种黏稠的、贴在身体上的热，就像脑袋上戴着一个紧紧的头盔，就像在桑拿房里试图呼吸一样糟糕，把窗户再开大一些也没用。外面闷热的空气完全停滞了，燕子低飞。我看着手上的纸，想着该把谁列为紧急联络人。约根？罗格？最后我写了姐姐的姓名和地址。

我在滚烫的客厅里走来走去，试图整理思绪。我是不是把一切都说错了？有没有漏掉什么？真的有可能像 W. R. D. 那样，声称我从和苏妮塔的这段恋情种得到了最好的东西吗？好吧，我们分开的时候感情确实已经开始有点疲乏了，除了电影我们没有其他共同的兴趣，而且在大多数事情上意见并不一致。她看待世界的方式是被宠坏了的，可同时她也会看起来很无助。她对其他文化不感兴趣，到了让人生气的地步，有一次我们吵架时她还说我差不多就是个无名小卒，说我们一起所拥有的不过是一个括号，一些不算数的东西，而且，不管她现在感觉如何，对她的未来绝对不会有任何影响。仿佛她根本不在乎自己的感受。好像她和我一起经历的一切，那些电影和她的学业，我们的整个文化,都只不过是长梦一场,很快她就会回到现实。她是爸爸的小公主,有一次我只不过说,她爸爸似乎已经好几年没和她联系了,这就足以让她的表情立刻僵住,打破我们之间的魔咒。

大冬天的站在外面不同的地方瑟瑟发抖,等待一个可能会来或可能不会来的暗号,并不是什么愉快的事。到最后,她几乎显得有点无聊,好像她已经受够了。我敢说我们当时都意识到这段关系不会持续太久,只是被迫分离的事实突然让整件事变得无比伤感。还有那种痛苦,痛苦!我在窗户和客厅茶几之间挥汗踱步,至今还能感觉到那种痛苦。

我一振作起来,就又打电话给莫德。一开始找不到她,他们说她在忙,所以把电话转接到了总机。我想留言吗?

我说我得跟她谈谈,说情况紧急。我听起来一定很执拗、很难搞、很有侵略性,因为最后他们还是帮我接通了。

"所以,你现在和我谈完了,是不是?"我说。

"我不知道,"她说,"您还有什么耸人听闻的事情要报告吗?"

我吼着说这完全不合理,他们到底是怎么做事的?可是莫德力图保持冷静,说隐瞒信息的人是我。我转而乞求、恳求、叫喊，我想知道为什么跟苏妮塔的事会增加我的债务，明明就应该反过来的。我第一次觉得莫德听起来有些紧张和不安，意识到她承受着很大的压力，压力也许来自这些计算错误和过失。她说我不应该自认为比国内最杰出的专家和精神病学家、心理学家更擅长判断，系统可是他们开发的。

过了一会儿，我冷静下来，觉得自己很愚蠢。毕竟事情变成这样不是她的错。

"情况有多严重？"短暂停顿之后我问她。

"这个，"虽然她努力让语气保持镇定，但我听得出来她的烦乱，"您当初应该告诉我苏妮塔的……"

"我以为你们已经知道。"

我还没说完她就打断了我，语气充满歉意。

"当然，这是我们的错，"她说，"我不懂我们怎么会遗漏这么……"

"那现在会怎么样？"

"我不知道。您现在被登记为所谓的六条三款，而且我可以告诉您，您已经远远超过债务上限。"

我从地板上爬起来，挥舞着手里的那张紧急联络人名单，对着电话用力吸气。

"可是……我们本来是要解决这……"

她没让我把话说完。

"那是在苏妮塔出现之前,"她说,"而且从您告诉我们的情况来看,那只是提高了信用方面的问题。"

"为什么?"我说,"那是我这辈子最悲惨的经历……"

"按照您的描述,您度过了一段美妙的时光。"

我发现自己又在大吼大叫:"那是在她被人从我身边抢走之前!我们被迫……呃,分开,在极其……极其痛苦的情况下。这怎么能算是积极的事情呢?"

她突然厉声嚷了回来。

"算了吧!"她对我发出嘘声,"这根本就是好莱坞!您以为有多少人……"

她的声音几近颤抖。她安静了一会儿,仿佛在让自己镇定下来,但很快又继续说:

"您以为有多少人经历过这样的事?什么时候?在什么地方?"

她想要回到原来更冷静、更正式的用语,可是语气暴露了她。

"而且您在最后仍然保持着了完整的自尊。根据您的描述,您本来可以把这段经历……这样说吧……再延长下去……甚至在结束了身体接触的关系以后。"

她又突然发怒了,这次听起来怒不可遏,几乎像在教训我一样。

"但您想要把您的生活说成几乎是在浪费时间?怎么样?您不就是这样做的吗?您上一通电话的目的不就是这个吗?我差点就相信您了。您根本就是幸福得很变态!"

我一开始没说话,后来才喃喃自语,说计算不公、我身边有些人过得更顺遂什么的,可是莫德反驳了我所有的异议。

"事情不是这么简单,您也了解吧?这个不能一概而论……一切都和组合有关……把您生活中特有的经历组合起来,结果就是非常幸福。"

"好吧!那其他人又怎么说?"我大叫。

有那么一会儿电话那头完全无声,她好像在认真思考。

"您真的不懂,对不对?"最后她说。

"什么?"我说。

现在很安静。几乎是在耳语。

"大家都非常不快乐,大多数人感觉非常不好!他们处于痛苦之中,他们穷困,生病,吃药,沮丧,害怕,担心这个担心那个。他们饱受压力,惊慌失措,内疚不安,有表现焦虑和睡眠障碍,没办法集中注意力,或者他们只是觉得无聊,或者一直压力很大,或者觉得自己被欺负。被骗、失败、心虚,五花八门,什么都有。大多数人了不起就是童年时期享受过几年比较幸福的时光。他们的分数通常都是从那段时间里得来的。之后就是一片黯淡。"

她叹了口气,电话线路因此而噼啪作响,我觉得好像可以听见她在摇头。

"如果您知道就好了。"她说。

我又靠着墙坐下来。她深吸一口气,继续说:

"您看,我们把生活看作一出经典架构的戏剧,拥有最多身外之物的人,不见得过得最好。而且事情也必须按照正确的顺序发生,否则就没有意义……"

我突然想到从来没听过莫德这样说话,而且我发现我们之间有一种信任,有一种坦率,在对话就要自然结束的此刻,我不知道要是没有了这种信任与坦率该怎么办,因为虽然事情的发展让我感到不安,但除了坐下来和她讲电话,东拉西扯,听听她的声音,我其实什么都不想要。不过我什么也没说,我知道即便说了对我也不会有什么好处。

我听到她又在翻一些纸张。我第一次怀疑她是故意要弄出声音,让人觉得她好像有更重要的事要去做。又或许她这样只是因为没话好说。

"那……"她停顿了一下又继续说,"那部电影,叫什么来着?我看了。"

她安静下来,不过这次我没听见纸张的声音。

"你是说《桥》吗?"我说,"你看了《桥》?"

她叹了气。那种奇怪的温暖感觉又一次在我体内蔓延开来。所以她花时间去找了一部千禧年之交发行的波斯尼亚电影,就只是因为我推荐她看。

"我租了影片,"她说,"您提过的那一幕,在咖啡馆里的那一幕,真是,嗯,我不知道该怎么形容……"

"你租了《桥》?怎么租到的?"

"就是租到了,好吗?"她烦躁地说,"反正我坐下来看了,一直等着那一幕。最后那一幕出现了。可是,嗯,根本没有你说的那些东西,只不过是两个人坐在那里而已,坐在咖啡馆里。那又怎样?很无聊,灯光打得很差。"

"哦,别这样,"我开始说,"不,我不认为那是……"

"您不懂吗?"她说,"是您读出了那些表情、触摸以及其中的一切,"她说,"都是您自己想象的。"

我站起来,走到窗边。

"不,我不认为……"

她继续说:

"可是我早该明白了,您就是这样,您以为您发现了好多东西,可是那些东西其实并不存在。难怪您的幸福体验分数这么高。"

"可是他们触摸了对方啊,"我说,"你一定看到他们触摸对方了吧!"

"那一幕就只有一个镜头,没有剪辑。摄影机在很远的地方,从头到尾都很远。一镜到底,根本看不到任何东西。"

"好吧,可是这就是为什么这一幕会这么……"

"对,他们是把手臂靠在一起,可是也就这样而已。"

我努力搜寻合适的字眼。

"嗯,可是你还是会知道……"

"您知道什么?"她说,"到底有什么?"

"他们的小指碰到了一起……"

"对,但是您知道什么?"

"你会看到他们有多……"

"您看到什么了?您根本连他们的手都看不清楚。这到底有什么特别的?画面都是颗粒状的,又是一片黑白,全部都是远景,在我看来就只是一个无限拉长的镜头,根本什么事都没发生。"

"你怎么可以这样说?"我说,"那完全就像魔法一样……"

"从那么远的距离根本看不出来,如果他们拍得近一点,或许可以,可是那不过是一个单一的、拉长的远景。"

我真的很想说点什么,可是说不出话来。

"不对。"她说。这次我确定可以听见她在摇头。"细节都是您自己填进去的。"

"可是所有伟大的艺术都……"我开了口。

"您可以从那一幕中挖出这么多的情感是很厉害,但是我得实际地看,"她说,"在我看来它就是乏味得很。"

我们两个久久没说半个字,唯一的声响是她同事在背景里发出的声音。我手上的紧急联络人名单现在已经湿了,皱巴巴的。

"如果可以跟你一起看那一幕……"我说。

"您不会有时间看任何东西了,"她说,"他们现在大概已经在去您家的路上。"

"什么?谁?"我说,"现在是怎么回事?"

她深吸了一口气,开始用低沉、秘密的声音说话,这样办公室里的其他人就听不到了,仿佛她要告诉我一件我真的不该知道的事情。

"我们的人要去接您……"

"接我?"我大叫。

"嘘！是的，您以为呢？在这种情况下，您不可能继续拥有完整的取用权。"

现在我绝对可以从语气里听出她的情绪，虽然她真的在努力装出公事公办的样子。

"如今我也无能为力……"她说。

手机顺着我的脸颊慢慢往下滑落，撞到我的肩膀，然后掉到地上。我听见她在另一头喊我，喊了几次。

21

外面的云开始聚拢,硕大的铅灰色云浪在屋顶上翻滚,太阳隐身其后,没多久一道闪电落下,像相机闪光灯一样,瞬间照亮了整个城市。雷声隆隆,空中开始出现大大的水珠,顷刻间大雨已经打在窗台上,弹到地板上。我应该把窗户关上的,但我只是坐在那里,盯着那一摊跳舞的水滴,一动也不能动。

"接我"是什么意思?"不能继续拥有取用权"是什么意思?我脑海里浮现出自己被隔离的样子,脖子上围着给狗戴的那种伊丽莎白项圈,防止我吸收更多的体验。光线,声音,鸟儿,风,所有我喜欢的事物,甚至雨和暴风雨天气。我试着回想那些真正乏味的日子,可是突然之间一切都变得如此可爱。我真的努力过了,努力想象一个完全灰暗的日子,可是不知不觉中我发现自己想到了水从排水管底部冲出来的样子,湿答答的。水这样东西,水的本质。下雨天的空气,雨滴打在我的皮肤上。我在雨中看到的女孩,她们的衣服贴在皮肤上的样子,还有那部苏妮塔让我看的电影,《瑟堡的雨伞》,当时我真的一点也不喜欢,直到后来我才有所领悟,在她离开以后。她离开以后,我就只剩下她带我见识过的事物了,一大堆如今我喜欢的事物,例如拉赫玛尼诺夫的大提琴和钢琴奏鸣曲从容的节奏。该死的,我根本无处可逃!

我摇了摇头,努力想象出可怕的怪物和可怕的恶魔的形象,尽量让他们的模样看起来邪恶而危险,可是不论我怎么努力想象尾巴、舌头和牙齿,他们最后就是会变成多彩多姿的电脑游戏里的角色。我环顾房间,想要找出真正讨厌、悲惨,或至少让人感觉消沉的东西,可是目光所及一切都让我觉得安心、美好,联想到的只有幸福。我心爱的旧沙发,我漂亮的抱枕,埃舍尔那张精彩绝伦、逻辑完美的视觉幻象海报。自由解放、饱含氧气的雨,带来湿漉漉的微小水珠,有时会滴到我的手臂上……我仍然感到无可救药的幸福。

我这才恍然大悟,开始惶惶不安。我想我体验到的幸福的真正价值实际上可能被严重低估了。

22

十分钟后，W. R. D. 的人敲门，我还背靠着墙坐在那里，保持着同一个姿势。我刚刚想起几年前的一个夏天，我借住在莱娜和弗雷德里克的小木屋，一开始有些寂寞，可是日子一久，我越来越觉得无拘无束。而且轻盈。最后我不再留意时间的流逝，甚至忘了自己的年纪。我会淋着温柔暖和的夏雨，慢慢地骑自行车到湖边，感觉自己跨越了年龄。我站起身去开门。

他们客客气气地打了声招呼，等我上厕所、换衣服，才出发前往那处巨大的花岗岩建筑群。车子开到底下宽敞的停车场，我们下了车，搭电梯上到我来过两次的同一个接待区。雨水猛烈敲打着大窗户，像有数百面小鼓在一起敲击。

耶奥里在柜台迎接我们。他对那些警卫点点头，示意他们可以走了。这次他身边有两个穿得非常体面的外国男士，他们不懂瑞典话。耶奥里用英语介绍，说他们来自多伦多总部和卡尔加里子公司。他们对我微笑，看起来还算亲切。两个人都没说什么话，等待的时间里大多在摆弄手机。我忍不住好奇接下来会发生什么事。

我把紧急联络人名单交给耶奥里，他一脸惊讶地看着，迟疑了一会儿才接下。

"对，对，这个……"他慢吞吞地说，"我其实不太知道谁……这其实只是个实验，到目前为止……"

过了一会儿，另一个人过来，把那两个外国人带走。耶奥里还是站在柜台旁边，我坐在扶手椅上，其他人则消失在那间有嘈杂通风的会议室。他看了一会儿我的表格，然后把它放在旁边桌上。

"那好吧。"他叹了口气，摇摇头。

他在我旁边的椅子上坐下，同情地看了我一眼。我发现我在流汗。我环顾四周，想看看有没有手铐或者牢笼之类的东西。

"你们要怎么做？"我尽量放松语气。

他摇摇头。

"不是，"他说，"我没打算预设立场，不过情况看起来不妙，很不妙……"

每个经过的人看起来都很正常，而且似乎都忙着自己的事，没有人用怪异的眼神看我，所以我推测 W. R. D. 里面只有一小撮人知道我的情况和我可能的下场。

我坐立难安，转头努力看进玻璃办公室里面。通常都在那里开会，而且现在有一大堆人在里面，俯身在看桌子上的什么东西。有些人正在比手画脚，好像在等待某个信号，或是等另一个人进来。我深吸了一口气，努力不让放在腿上的手发抖。

"为什么是我？"我用近乎耳语的声音问耶奥里。

他耸了耸肩，好像这个问题不是三言两语就能回答的。

"那些百万富翁呢？"

他笑了笑，用手梳了梳那头可能染过也可能没染过的头发。

"相信我，我们也在处理他们。大部分的有钱人当然都会收到巨额的账单。不过事情不是都这么简单。举一个例子好了，我跟您说说……嗯，姑且叫他齐耶勒吧。"

他挺直身体，向我靠过来。

"齐耶勒在司德司塔的一家工厂工作，过着平静安宁的生活，大部分时候独来独往。他做着自己分内的事，存了点钱，后来有机会买了一些司德司塔有限公司的股票，没多久这只股票开始大涨，才两三年时间就比当初买进时翻了四倍。他脱手股票，赚了很多，最后有了一小笔财富，他小心翼翼地守护着，但还是照常上班工作。每年他的资产都在各种基金和投资账户里增长，每次我问他考不考虑用那些钱享享福，他都说他打算早点退休，到时候再享福。我忍不住想，如果要说谁有这种坚强的毅力，那一定非齐耶勒莫属。果然，他在五十五岁时退休了。离开公司的第二天他打电话给我，得意扬扬地说：'我终于自由了！'

"之后我有六个月的时间没有听到他的消息，这没什么不寻常的，他本来就不是那种善于交际的人，而且我以为他在巴哈马群岛，或者在某一艘豪华游轮上，或者随便什么有钱有时间的人能想到的地方，可是等我终于再次接到他的电话，他人却是在一个急性精神病治疗中心。

"原来他患上了严重的焦虑症。他很抑郁，但不仅仅是感觉有点低落，或者觉得生活有点悲惨，他的抑郁并不是意味着要找到新的方法去思考问题或者重新开始他的生活，或者吃得更好，享受小东西，不是那样的。他的状况是早上有没有办法起床，有没有办法不放弃、不结束这一切，是每分每秒都要决定要不要继续活着，对那个简单的选择要不要再多抵抗一天、一小时、一分钟。他说病情最严重的时候，他就只是坐在那里呼吸，看着时间，等待又一次的黑暗过去。"

耶奥里又靠回扶手椅上。

"他因为经济上的成功而获得的幸福体验分数一下子没有了，就像五月的樱花，已经无处用力。"

他看着我，想知道我有没有听懂。

"当然一定会有特例,"我说,"可是其他人呢?那些人的生活就是一场永无止境的派对,那些人朋友成群,有跑车、情人。我可没有。"

"交游广阔当然是件好事,"他继续说,"有很多派对也是。可是质量才是最重要的。跟太多人交往,可能会带来压力,反而会降低幸福体验分数。财富增加,期待也会增加。而且有些事情乍看之下不好,其实最后反而会戏剧性地提高分数,拿您自己的例子来说,一切都与痛苦和快乐有关。您认为我们怎么处理 BDSM 社群?"

他扬了扬眉毛。我想不出该说什么。

"小孩呢?"半晌之后我说,"我没有小孩,可是小孩一定多少可以算是一切的意义所在……"

他叹了口气,用一根手指揉了揉一只眼睛。

"您一直在挑个别的事物出来讲。它们本身都不一定有什么意义,没有什么事件是绝对积极的,幸福也不是什么独立存在的状态。再说,我好像记得你姐姐有小孩……"

我摇摇头,叹了口气。

"你很聪明。"我说。

他笑了,看着我,还举起双手,意思是"我的话说完了"。

"看吧,"耶奥里说,"您对您所经历的一切都印象深刻。像这种状况，在我们的公式里……呃，我还能说什么呢？分数就是会快速累积。"

"我一直都很谨慎，"我喃喃自语，慢慢地摇着头，"从来没有真的争取过什么……"

他看着我，就仿佛在奇怪我讲这话的用意，就仿佛他不知道我是真的在争论什么似的，还是只是为了争取时间，不着边际地开口。

"是的，"他说，"凡事都有利有弊。可是就您的情况而言……呃，看起来确实利多于弊。"

他又看着我的眼睛。

"您知道很少有人能得到您这样的分数吧？"

我点点头，看向窗户。雨水在玻璃上形成一条条粗粗的线条，像小河一样。他微微眯起眼睛。

"您一直维持在一个非常平稳的水平，"他说，"而且个人付出的努力如此之少。这非常奇特，应该说是非常奇妙。"

"大概吧，"我说，"只是我可能预期……"

"什么？"他说，"您预期什么？"

他盯着我看。

"得到更多？"他猜道。

我不安地动了一下。

"一定有人的日子过得……怎么说呢,更有激情?那些追随自己欲望的人。我不知道。到处做爱。吸毒。"

"大多数的麻醉药也有坏处,"他直截了当说,"我想您应该也知道。"

我点点头。

"这也是典型的男性特质,"他说,"男人总是认为更多的钱意味着更多的幸福。"

"真的吗?"我说,"可是……我有个朋友……"

他不屑地摇摇头。

"我们不要开始比较了吧。"

"我知道,可是我们就是比了啊,"我说,"还有那个女人……嗯,我凑巧知道她要支付多少钱,她的数额比我的低这么多,实在很不合理。"

"我说过……"

"我就是不明白。"我说。

他双手抱胸。

"您的朋友做什么?"

"她在……我是说……她……她的工作跟你类似……"

就在我想着绝对不能用身体语言泄露什么的时候,我突然发现自己已经瞥了一眼会议室。他看着我,突然变得非常严肃。

他沉默了好久，眼睛一眨不眨地观察着我。

"我不是指她做什么工作，"他慢条斯理地说，同时也瞥了一眼其他人所在的玻璃墙会议室，"我是指，她做了什么？她如何行事？怎么打发时间？这些和她的幸福又有什么关系？"

"哦，"我迟疑地说，"这个，我其实不知道她这方面……"

"是的，"他很快接口，而且又向我靠过来，"您不知道，对吧？比如说，您不知道，她的工作会对她产生什么样的心理与社会影响，或者在她的生活中有多少消极的互动。"

我摇摇头，搜寻着合适的字眼。

"她……呃，她看起来并不抑郁，"我说，"我们其实很聊得来……"

他没有听我的话，而是继续说：

"而且您完全不了解她的日常生活，不知道工作如何剥夺了她的个性。而且您知道吗……"

他向我靠得更近，音量低得像耳语。

"如果我是您，"他说，"我会绝口不谈这个'朋友'。"

他看了看会议室，那些人正在准备让我进去。

"就算为了她好……"

刚才把两个外国人带走的那个人突然出现，站在我旁边。

"我们准备好了,"他说,"您可以进来了。"

我转过身,感觉到脉搏加快了。耶奥里已经站起来。就在我正要站起来的时候,我意识到我必须抓住机会。谁知道还会不会有机会呢?我向后靠了靠。

"我想要莫德过来。"我说。

他们都停下来,看着我。

"莫德?"那人说,"谁是莫德?"

"莫德·安德森。"我说。

他看了看四周。

"这里没有莫德。"他说。

"有的,"我说,"莫德·安德森。我要她过来。"

耶奥里转向那个人。

"她在三楼工作,显然,"他说,"她一直是他在这里的联系人。"

"哦?"那人不感兴趣地说,好像想不通这能改变什么。

"你可以请他们打电话下去,看看她在不在。"耶奥里说。

"对,打电话,"我说,"我在这里等着。"

那个新来的男人站在那里,看了我一会儿,然后走到柜台和接待员说话。

耶奥里又坐下来,看着我。半晌之后他靠过来。

"给您一点提醒,"他说,"如果发现您在这里的'朋友'与您有过不恰当的互动,我们很可能没办法让她继续在这里服务,您明白吗?我想您也不希望如此。您希望她保住工作吧?"

我想我点了点头。他向后靠在椅子上。我们坐在那里,半晌无话。

最后那个男人回来了。

"她就要上来了。"他说。

23

这一次,他们有四个人,外加两位外国男士。另一个男人微微发胖,头发非常稀少,只剩耳朵上方还有一些。他坐在桌子一侧的椅子上,桌子上摊开着好几份与我相关的文件。我在前两次的那把椅子上坐下来。

那个秃顶的胖子自我介绍他叫皮埃尔。他一定是这些人的上司,因为他一讲话,他们就屏息聆听。他皱起眉头,眼睛盯着我。他坐在那里很长时间,只是盯着我看。

"我听说您过着体面的生活。"

我点头。

"没有支付费用。"

我又点头。他把那两个外国人叫过来,指着文件上的某个东西。两个外国人扬了扬眉毛,其中一个吹了声口哨,另一个"哇"了一声,还朝我的方向赞赏地点点头。他们回到座位上后,皮埃尔转向我。

"您累积了相当可观的债务。"他说。

门上传来轻轻的敲门声。

她终于出现了。

玻璃外面站着一个女人,一头深金色的头发,扎着马尾辫,穿着一件黑色的POLO领上衣和有许多实用小口袋的外套,下身则是深色灯芯绒裙子和黑色裤袜。她把双臂交叉放在肚子前,手里抓着公文包的提把手。他们为她打开门,她走了一两步,进入会议室,对她的同事们点点头。耶奥里过去打招呼的时候,我看见她挺直了身子,几乎踮起脚尖,那双带白扣带的哑光黑鞋的鞋跟稍稍离开了地面。

她转向我,我发现自己也站了起来。

耶奥里指着我旁边的椅子,她朝我走过来,一只手抓着公文包,另一手朝我伸过来。

"这个人来做什么?"皮埃尔低声问那个银行名字的女人。

"她是他在这里的联系人,"她说,"他要求她出席。"

皮埃尔半信半疑地看着她又看着我。

"真的?"他喃喃自语。

"我是莫德。"她平静地说,而我发现自己一听到她的声音就露出了笑容。她也在微笑,就好像她因我笑而笑,我也因她笑而笑,然后她又再报以笑容,如此反复,无穷无尽。她的笑容露出一排整齐却有一点不匀称的牙齿,其中一颗歪歪的,在她微笑的时候仿佛在对我眨眼。一绺没有扎起来的鬓发垂在她的脸侧,于是她的头一动,那一绺头发就好像在轻轻挠着她那柔软的、微微有些发红的脸颊。她身上有股淡淡的咖啡和除臭剂的味道。

"很高兴见到你。"她对我说。

"我也是。"我说。

她戴着一条小小的项链,露在那件漂亮的POLO衫外面,我猜POLO衫的布料大概棉和聚酯纤维混合。项链上有个看起来像银色海豚的坠子,不过也可能只是鱼。她说话的时候,下巴底下的皮肤微微动着,看起来很柔软、光滑。我好想摸一摸。

"好了,"皮埃尔说,"大家都准备好了吗?"

他不耐烦地用笔敲着桌面,显然对这段小小的延误非常恼火。他抿着嘴唇没有说话,等着莫德在我旁边坐好。莫德把公文包放在椅子旁边的地板上,拿出笔和笔记本,在一页纸的角落里快速涂鸦了一下,看看笔是否能写字。

"就像我刚刚说的,"皮埃尔一等她准备好就对我说,"您已经累积了相当可观的债务；这样说已经很客气了。"

他环顾房间四周。

"您现在是我们所谓的六条三款，为此，我们进行了一次住宅清点，清点的结果是……一无所获。"

他懒洋洋地朝桌上一份文件指了指，其实根本看不出来哪一份。"什么都没有。"他对桌子另一头的先生们说，为了更清楚地表明他的观点，他用不小的音量和夸张的发音对我说：

"您名下没有任何有价值的东西。"

我不确定该怎么回应，所以只是轻轻点了点头，表示我听到了。

"没有受过教育，所以短期内没有增加收入的指望……"

"除非中彩票。"我很紧张，试图开个玩笑。

我看了看莫德，看不出她有什么反应。

皮埃尔露出轻蔑傲慢的笑容，模仿我的语气说：

"确实。我们当然也不能杀了您。"他说。

他朝外国代表微笑，他们也回以微笑。我突然意识到我的手心在出汗。他越过桌面向我靠了过来。

"您还有其他来往对象没有申报吗？"他说。

我摇摇头。

"您确定？"

我忍不住瞄了莫德一眼。她从头到尾直视着前方。

"就我所知没有，"我说，"这重要吗？"

皮埃尔说话的时候一直盯着我的眼睛，仿佛他真的想看看我对他的话会有什么反应。

"既然有这一种积极的感知能力，那么我们有理由相信，和您最接近的人会得到某种，怎么说呢，被动的收益。这可能会大幅提高他们的幸福体验分数。当然啦，得先重新评估他们的案子，然后才能确定。"

我注意到天花板上的一个监控摄影头突然微微动了一下，可能有更多的人在看着我们，或许直接传送到别的国家？

他坐在那里摆弄了一会儿笔，突然两手一拍，向房间里的其他人打了个手势，他们都站了起来。然后他转向莫德。

"你可以留在这里陪着案主吗？我们要出去私下开个小小的会议。"他说。

莫德点点头。

他们都走了出去，就留下我们两个单独在会议室里。他们一走，我就转过去面对她，可是她很快就清了清嗓子，抬头看了一眼其中一个摄影头，好像在提醒我可能还有人在监视我们，这里不是可以自由谈话的地方。于是我转回去，我们静静地坐在那里，彼此相邻，就像火车上的乘客一样，聆听着天花板上通风的声音。

过了一会儿,她把一只手放在桌面上,整理其中一份文件。她的外套袖口滑到了手肘处,一大截小臂裸露在桌面上,就在我的旁边。我等了一会儿,大约三十秒,把我的手臂放到她的手臂旁边。不近,但也不太远。

我们就这样坐了一会儿,无事发生。莫德用另一只手翻阅面前的文件,于是我明白了电话上纸张的声音是怎么弄出来的。她会抓起好几页往回折,检查一些东西,再把它们放回去,又检查别的东西。全都用同一只手,放在我旁边的手臂一直一动也不动。我们都可以听见外面的讨论,几个人的声音,几种不同的语言。看不到讲话的人,可是听起来有点像整个部门都加入了这场嘈杂的对话,只有在莫德和我的房间里,一切平静无波。

最后,她把其中一份文件推到我身边,靠近我的那只手臂也一起帮忙。现在我们靠得非常近。我深吸了一口气,把手转过来,手背碰到了她的手背。刹那间她停了下来,完完全全静止不动。这一刻,除了外面的声音、微弱的雨声和空气中缓缓飘过的灰尘,什么都没有。我们都没有说话。我们一直看着前方,看着面前的磨砂玻璃墙,好像上面真的有什么有趣的东西可看一样。接着出现了一个微小的动作,肉眼几乎看不见,而且绝对不可能被人发现（比如天花板上的监控摄影头）：她的小指头慢慢地碰触我的手背，然后我们的呼吸以同样的节奏同步了。

门开了，代表团回到房间里。他们一进来我们的手就快速而安静地分开。除了皮埃尔，每个人都回到了原先的座位上。皮埃尔双手抱胸，在桌子的一边踱步，来回走了几遍后，他在我们对面坐下来，对着莫德微笑。然后他看着我，笑容消失了。

"抱歉，让您久等了。"他说完深吸了一口气，又慢慢地把气吐出来，同时身子往前倾，双手在桌子上方紧握。他把下巴抵在指关节上，就这样坐着看我，看了好一会儿，等到房间里所有的动作都静止，才继续用冷静、秘密的语气开口说话。

"您看，我们面临着一项成本极其高昂的投资，而这项投资似乎几乎没有获得任何重大回报的可能性。"

他看了看桌子边上的其他人，然后视线又落在我身上。

"当然我们可以继续施行更进一步的……可是我实在不认为这样做是值得的……您说呢？"

我点点头，看起来最好是同意他的看法。

"除非，"他用轻松一些的语气继续说，"您在，呃……'约根音像出租店'有升迁的可能？"

我摇了摇头。他露出微笑，但眼神还是冷的。

"是的，我想也是。"他说。

他闭了一会儿眼睛，好像在思索该怎么措辞。然后他猛地睁开眼睛，直直看着我。

"把您隔离起来要花费的成本……是的，我在这里看到，您有一种能力，即使在最艰难的情况下，也能保持某种……我该怎么说好呢……"

他的眼神左右游移，想找到某份文件。名字像银行的女人和其他人赶紧过来帮忙，可是等他们好不容易找到，并把文件放到他面前时，他却挥手不看，只是继续盯着我。

"您知道，人们说，如果你欠银行一百万，那是你的问题，但是如果你欠了银行一亿……"

我点点头，没错，这我听说过。他把声音压得更低了，语气尖锐起来。在场的每个人都屏住了呼吸。

"所以我接下来的建议您一定要保密，您明白吗？绝对不能说出去。"

他目不转睛地盯着我。我不确定上次点头之后有没有停下来过，所以这次我特别用力地点头，让他知道我还在听。

他没有移开视线，就这样一边看着我，一边对外面的女人做了手势。在几个人的帮助下，那个女人推了一辆带轮子的手推车进来了，上面堆着一摞文件，有二十厘米那么高。

"请注意……"他说话的时候，文件手推车在我旁边停下来，"您的债务还在。万一您，出乎所有人的意料，中了彩票……"他对我歪嘴一笑。

"不过目前……"

他向前靠得更近了，我可以感觉到他的呼吸，有一股淡淡的咖喱和胃酸的味道。他用一根手指摸了摸下巴，仿佛还没有完全下定决心。

"我们不会尝试要求清偿债务，只会让它冻结，您明白吗？"

我没有说话，皮埃尔又接着说：

"您同意吗？"

我瞥了一眼莫德，但她正笔直地坐在那里写着什么，所以我又转向皮埃尔。我可以看见他的上嘴唇在微微出汗，汗珠在荧光灯的照射下闪闪发光。我注意到莫德已经开始收拾她的文件，而且她弯下腰把文件放进公文包里的时候，可能在桌子底下短暂地碰了我一下。我不是很确定。

"这是不是意味着……"我开口问道。

三个男人现在都看着我，而且我感觉得到旁边的莫德紧张起来，好像他们突然都担心我会破坏整个计划。两位外国男士坐直了身子。

"这是不是意味着我可以继续过跟以前差不多的生活？"我说。

皮埃尔闷闷不乐地看着我，然后慢慢点了点头。

"如果您能……"他把笔递过来说，"如果您能签字同意的话。每一页都要签字。您要明白，这件事必须绝对保密。"

我低头看第一页。

24

那天晚上在冰淇淋小摊我又看到了那个戴项链的女孩,就是我在接待柜台认出来、在电梯里听到她讲电话的那个。她下了公交车后快步离开,看起来有烦心事,愁眉苦脸地匆匆走过。她没有买冰淇淋,或许是为了省钱?

这是一个魔法般的夜晚,大雨过后空气清新,天空、树木、人影都倒映在小水坑里,在温和的夕照之下,水坑渐渐消失,仿佛一切都得到了重生。

我的手机在口袋里嗡嗡作响,拿出来一看,是罗格。不知道他是不是把船卖了。他只让手机响了一下就挂断了,这样做了好几次,最后传来一条短信:

给我打电话!

我这才意识到事情很紧急,这是他一周内第二次狠心花钱发短信。我不确定以前有没有收到过罗格的短信,除了他参加个人发展课程的时候,我突然收到一条短信,上面写着:我觉得你很有魅力而且很有趣，我认为你是一个非常好的朋友。罗格。罗格的弟弟埃里克报名了这项课程，并且预先支付了费用，临到上课时却没办法前去。课程包吃包住，罗格才同意代替他参加。这条柔情蜜意的短信原来是练习的最后一题，要你表达对他人的欣赏。他发的是群组短信，用教室的一台电脑发送的，不用钱。后来我问他"有魅力"是什么意思，他说："我稍微改了改内容，这样就可以全部人都适用了。"

我给他打电话，铃响了一声他就接了起来。

"跟你说，"他说，"我拿到那种表格了。"

"什么表格？"我说。

"W. R. D. 的表格，"他说，"我对那个金额提出了申诉，现在终于逼得他们同意重审我的案子了。然后我拿到他们的表格，要填补什么'遗漏'还是'空白期'的——叫什么并不重要。总之，大概他们的记录中遗漏了什么东西，你必须提供信息……"

"哦。"我说。

"你要告诉他们你在某些日子里见了什么人，诸如此类的。我猜他们会再次核对你提到的人的记录。"

我穿上了外套，不是因为冷，而是因为想要看起来帅气一点。口袋里有收据和放了好久的糖果，还有一张新的纸片。我把纸片拿出来，上面写了一个电话号码和一个名字：莫德。我看着这个号码，发现和我之前拨打的不一样，是个手机号码。

"那个，"罗格说，"我想把你的名字告诉他们。"

我用大拇指划过纸上的数字。她写得很整齐。她的字迹微微往前倾斜，看起来颇为华丽和老派。

"你说什么？"我说。

"我只是觉得这样更简单。你什么都不用想。如果他们问你，你就回答说是。"

我把写着莫德号码的纸片折起来，改放进外套内口袋里。一颗球向我滚过来，一个小男孩追在后面。我用脚挡住了球，男孩看都没看我一眼就把球捡走了。

"等一下，"我说，"你刚刚说什么？"

"听着，我还没有笨到那种程度，我知道你提到的人越多，说你拥有的幸福越多，他们就会给你打更高的分数。所以我想……呃，我想我应该把你的名字告诉他们，一律写你。"

我一开始没有应声。

"喂？喂？你还在吗？"罗格对着电话大喊。

"那个……"我吞吞吐吐地说，"我觉得不……不行。"

他像平常那样气喘吁吁，不知道是不是在去哪里的路上。

"这没什么奇怪的,"他说,"如果他们打电话来问,你就说:是的,那时候我和罗格在一起。就这样。"

"不行,"我说,"我觉得这样不好。"

"为什么?为什么不好?"他叹了口气,"听着,你又不是要撒谎,你只需要……证实我说的话。"

"不行。"我说。

"天啊,你怎么突然变得很难搞。我是说,我们见过面,不是吗?我又不能一个一个列出我见过的……等一下,你是觉得我让你丢脸吗?"

"当然不是,"我说,"我只是觉得……怎么说呢?你跟我在一起的这件事……呃,可能会增加你的分数。"

他安静了几秒钟。我可以听见他用鼻子呼吸的声音。

"你这话是什么意思?"最后他说。

"哦,我只是觉得……听着,你就不能认真回忆一下实际上到底发生了什么吗?"

他哼了一声。

"你是担心你自己的分数会上升吗?因为你跟我在一起?但这是事实,不是吗?我们真的认识啊,不是吗?还是你现在要否认?"

"不,"我说,"我当然不会否认,我只是说……"

167

"啊！"罗格说着，好像突然想明白了我在想什么，"你觉得如果被他们发现你常常和我在一起，你的分数会大大地提高。你想的是这个，对吧？"

"不是，我想的不是……"

"就是！你承认吧！"

"拜托，罗格，你就……"

"怎样？"他不耐烦地说。

"你就别这么做就对了！"我说。

他沉默了一会儿，好像在思考。他叹了口气。

"我偏要，"他说，"我不能总是这样体谅你。抱歉。"

"可是你应该可以……或者你可以说我们大部分时间都是通过电话交谈？"我说。

"你是怎么搞的？"罗格大吼，"天啊，你至少偶尔也帮我一次吧。"

球又回来了，那个男孩跟在后面，可是这次距离太远，我没办法挡住它。球在水坑里溅起水花，停了下来。

"好吧，好吧，"我说，"随便你。"

我们挂了电话，我还是不知道他的船怎么了。

我拿出写着莫德电话号码的纸片，手指又一次划过那些数字，才放回原先发现纸片的口袋里。我想知道我到底敢不敢开口邀请她来我家。这符合规定吗？她敢冒这个险吗？会不会影响她的前途？可是她自己说过只有到目前为止发生过的事才算数，而且开会的时候那个男人说了，我可以继续过我的生活，就像什么都没发生过一样。

我在城里漫无目的地散步，看着四周的人们。年轻人，中年人，一个小女孩骑着一辆大大的红色女式自行车经过。不知道哪里传来收音机的声音，正在播放法兰克·辛纳屈的那首《云》。鸟群在空中盘旋，看起来像一个单一的实体。我好奇它们这样一起飞，是不是为了假装自己的体型比掠食者大，或者是为了让掠食者无法瞄准一个个体？

我看着我生活中熟悉的一切，那些大楼、街道、树木。冰淇淋小摊和商店。餐馆里的午餐人潮。墙上的海报和报纸上的宣传单。我的手指拨弄着口袋里的纸片。在我四周，只有我知道，我可能是这个国家最幸福的人，而且不用支付一分钱。我深深地吸了一口深夏温和的空气。我突然想到，可以来一杯冰淇淋。薄荷巧克力和覆盆子，我的两个心头好。